会山堂二集

安徽师范大学中国诗学研究中心资助项目

易闻晓 著

江西教育出版社
·南昌·

赣版权登字-02-2023-387
版权所有 侵权必究

图书在版编目（CIP）数据

会山堂二集 / 易闻晓著. —— 南昌：江西教育出版社，2023.10
（中国当代学人诗词选集 / 钟振振主编）
ISBN 978-7-5705-3879-9

Ⅰ.①会… Ⅱ.①易… Ⅲ.①中国文学–当代文学–作品综合集 Ⅳ.①I217.2

中国国家版本馆CIP数据核字（2023）第191594号

会山堂二集
HUISHANTANG ER JI

易闻晓 著

江西教育出版社出版
（南昌市学府大道299号 邮编：330038）

各地新华书店经销
江西赣版印务有限公司印刷
787毫米×1092毫米　32开　6.375印张　98千字
2023年10月第1版　2023年10月第1次印刷

ISBN 978-7-5705-3879-9
定价：55.00元

赣教版图书如有印装质量问题，请向我社调换　电话：0791-86710427
总编室电话：0791-86705643　编辑部电话：0791-86705903
投稿邮箱：JXJYCBS@163.com　网址：http://www.jxeph.com

总序

诗词何物？天地其心。发自性情，形诸歌咏。言志则乘风破浪，抒怀亦吐蜃成楼。读十万卷书以走马光阴，追五千年史于飞鸿影迹。梦笔生花，借以干乎气象；拎云拭月，得其助于江山。若长松与老柏，铁干铜柯；暨黄菊兮绿梅，春酚秋馥。怪力乱神，子之不语；兴观群怨，予或能为。乃有专攻术业，余事诗人。偶尔操觚，居然成帙。各精铨以诚恳，皆煞费其踌躇。碧桃红杏，元非栽天上云霞；跻圣谪仙，亦只食人间烟火。情钟我辈，肝肠岂别于邻家；友尚古贤，流派何分乎学院？虽然，腹笥果丰，出言尤易；舌苔稍钝，入味孔艰。吞囫囵于汗漫，百度凭他；化腐朽为神奇，六经注我。书说郢燕，美学何妨接受；薪传唐宋，神思即畅交通。树异军之一帜，倡实皖南；市骏骨以千金，伫空冀北。东海珠珍，勤网罗而有赖；西江月皎，长照耀以无亏。忝窃主编，愧难副望。聊为喤引，以当嘤求。

癸卯夏至前三日，南京钟振振撰

序

越自乙未《会山堂初集》付梓,迄今又七载,其间去任,事反加甚,盖项目凑会,论载艰难,催驱辔策,压覆丘山,复以阃内冯依,分外约令,或浮响虚受,笃交恪敬,疏昵莫辞,细大斯并,是以遑迫猝急,煎烁促逼,何况黄发齐头,黔口逆耳,昕曛瞬忽,槛笼因止,是惟冗困不敷也已。虽然,亦有以稍趣而可再衷为集者。盖随时邀应,成而报命,于私可存,于事为竟。或三上思眹,书诸片牍,四时感至,积乎屑玉,是犹获残掇剩,载藏载蓄,特以宝之于敝帚,谌克用之为弃竹。若一纸画就,握笔踌躇,意犹未尽,扪志嘻吁,适以感通兴发,遂完题书,斯诗画之并有,而身心之偕如也。至于春华幻相,石火电光,鸿泥销雪,草露晞阳,何梦痕之沥泪,有鳞素之留芳。且以日缨世事，笔之于书，于禾秀为秕稗，于言文为玑珠，于今俗以侔古，于当世其属予。固矣予之所言与行也，非当垆市利以矫情也，而雁过唳空之所凭也；非斗方邀誉以受名也，而鸿达遇时之不朋也。此李愿盘谷之志，乃假韩序以自明云。

会山堂东园图

梨花庭院图

后山樵采图

关下图

半山图

君山图

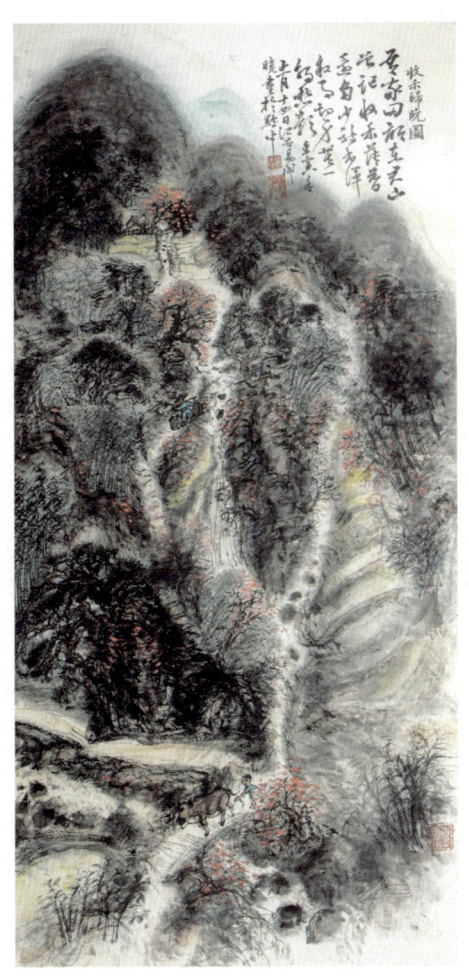

收禾晚归图

江右春山图

江右早春图

早春二月图

目录

总序

序

卷一　赋

孔学堂赋 / 001

卷二　赋

巴蜀全书赋 / 020

卷三　赋

深圳梧桐山赋 / 032

论老赋 / 040

卷四　诗

五绝

题江右早春图 / 043

题早春二月图 / 043

题山田居图 / 044

题东源图 / 044

题葫芦窝图 / 044

题春山图 / 044

题丛下图 / 044

题小园图 / 045

题春濑图 / 045

题写意作 / 045

题春山暮归图 / 045

七绝

牧牛少作 / 046

江村春晚 / 046

村夏 / 046

街市夏午存念 / 047

雪诗 / 047

春雪 / 047

夜雪 / 048

淫雨 / 048

流水 / 048

丛下 / 049

苦竹 / 049

白莲 / 049

晓月 / 049

春江泛夜 / 050

山田水月 / 050

牡丹亭 / 050

闲题 / 051

作字 / 051

夏日作字 / 051

董子 / 052

扬子 / 052

赠何流 / 052

题上关图 / 053

题江右春山图 / 053

题春山田居图 / 053

题村行图 / 053

题张家山图 / 054

题秋山图 / 054

题桐阴小筑图 / 054

题村溪行图 / 054

题棕风田舍图（二首） / 055

题棕竹藤花图 / 055

题棕蕉藤花图 / 055

题蕉竹图 / 056

题春山樵采图 / 056

题江右春山图 / 056

题秋山晚归图 / 057

题茅茅岭图 / 057

题田园秋居图 / 057

题秋山田居图 / 057

题双峰街市图 / 058

题秋色图 / 058

题花卉图（二首）/ 058

题春溪图 / 059

题水墨山水 / 059

题葫芦窝图 / 059

题君山图（四首）/ 060

题塔坑水口图 / 060

题春溪钓月图 / 061

题梨花庭院图 / 061

题画（九首）/ 061

示暑假作 / 063

示江南村景 / 063

示中夜述怀 / 063

示校园杂感 / 064

示咏月作 / 064

示改韦庄《长安清明》为绝句作 / 064

卷五 诗、词、联

五、七律

黔冬 / 065

题东园图 / 065

题杨家栏图 / 066

题秋晚经行图 / 066

题茅茅岭图 / 066

题上下关图 / 067

题春山玉濑图 / 067

题葫芦窝图 / 067

题春溪图 / 068

题村夏晚田图 / 068

题猪婆庵图 / 069

黔胜图贺韩卉女史乔迁 / 069

读郑珍诗书后 / 070

偶题 / 071

兰亭行 / 071

岁暮东征 / 072

代婚嫁藏头诗 / 072

五、七古

题关下图 / 073

题乌石槽图 / 073

题夹竹桃图 / 073

题南山下图 / 074

题杨家栏图 / 074

题白鹭山下图 / 075

题霜林晚图 / 075

题江右村居图 / 076

拟韩黄体呈温州吴毓诗人 / 076

题东园图 / 077

西园 / 077

改李贺《昌谷北园新笋》仄韵作 / 078

示上学作 / 078

示上学遇洪 / 078

示留守作 / 079

六言

庚子新正六言（六首）/ 079

梅诗 / 080

夜作 / 081

六朝 / 081

题画（二首）/ 081

题春山图 / 082

题张家山图 / 082

题双峰春山图 / 082

题梨花庭院图 / 082

词

一剪梅 / 083

水调歌头·中文六四届五十年嘉集题赠 / 083

水调歌头·贺澳门诗社十周年呈施议对先生 / 084

青玉案·沪上护病 / 084

又 / 085

青玉案·东征侍母病 / 085

诉衷情·戊戌除夕 / 086

西江月·五六初度 / 086

后庭宴·己亥端阳作 / 086

浣溪沙 / 087

蝶恋花 / 087

调笑令 / 087

潇湘神 / 088

联

宜丰易氏宗谱修成宴会联 / 088

贵阳花溪大学城牌坊镌联 / 088

又 / 089

贵阳黔灵山谢六逸新闻长廊楹联 / 089

孔学堂师大楼楹联 / 089

又 / 090

庚子宜丰春联 / 090

壬寅宜丰春联 / 090

庚子双峰代撰春联 / 091

冠疫撰联 / 091

卷六　序、跋、记、书

南昌小滕阁序 / 092

何志勇《西湖十景赋》序 / 093

唐定坤编《南雅集》序 / 095

温大陈胜武"第二书展"序 / 096

徐晓光《黔湘桂边区山地民族习惯法的民间文学表达》序 / 099

读黄保真先生集书后 / 101

七女坟碑记 / 102

与人书 / 103

卷七　稗说　上

筛沙 / 104

变米糕 / 104

骂建行 / 105

自印 / 105

甚幸 / 105

小觑 / 106

戒我 / 106

生姊 / 106

避子 / 107

守规 / 107

困兽 / 107

孙老师 / 108

灯无用 / 108

白大褂 / 108

琼师 / 109

不要脸 / 109

气喘 / 109

减半 / 110

神人 / 110

忆力 / 110

病理 / 111

一毛不拔 / 111

偷工减料 / 111

字大 / 112

省墨 / 112

目成 / 112

智永字 / 112

阮次山 / 113

不坑爹 / 113

诚厚 / 113

笑单 / 114

无丈不仆 / 114

碰瓷 / 115

不碰瓷 / 115

晒谷场 / 116

售弱 / 116

补贴 / 117

夜浮 / 117

自啮 / 117

气量 / 118

毁上代 / 118

太累欲睡 / 118

撞镜 / 119

霸屏 / 119

贫而孰与 / 119

村鄙 / 120

犬鉴 / 120

数钱忘祖 / 120

停发 / 121

外行 / 121

打早打小 / 122

冒学 / 122

索赔 / 122

直率 / 123

华人 / 123

针镇 / 123

横滨玛丽 / 124

迟谢 / 124

拉贝 / 124

阿记 / 125

犬缘 / 125

阳明像 / 125

使上 / 126

杨振宁归籍 / 126

徐宝贵 / 127

学会 / 127

钓协群 / 128

诒祭 / 128

沙漠湖 / 128

纳米细菌 / 129

母象救子 / 129

犬视 / 129

卷八 稗说 下

姨外婆 / 130

田姑婆 / 131

淼舅 / 132

外客 / 133

冷述轩 / 135

禾桩槁 / 136

洽先 / 136

上关 / 137

石路 / 138

库前 / 139

茅茅岭 / 140

易名 / 141

村聘 / 142

粮布棉票 / 143

竹尾巴 / 143

公社 / 144

猪场 / 144

超支 / 145

羊角车 / 146

板车 / 147

自行车 / 148

班车 / 149

均钱 / 150

俭用 / 150

解饮 / 151

常例 / 151

有序 / 151

时空 / 152

繁简 / 152

感冒 / 154

古今意象 / 154

青春作伴 / 154

真豪吝 / 155

真博假 / 155

题画 / 156

技艺 / 157

肉不如竹 / 158

乐器之异 / 159

听乐 / 160

听歌 / 160

奏乐 / 161

享乐 / 162

上刑场 / 162

胸次 / 162

嗜旧 / 163

体例 / 163

规范 / 164

恋尸癖 / 164

王码 / 165

装特 / 166

好虐 / 167

弼牛翁 / 167

狗孙 / 168

饮师 / 169

名命 / 169

方以类聚 / 170

拟口 / 170

跋

卷一　赋

孔学堂赋

南条竦脊[1]，西粤枕梁[2]，牂牁置郡[3]，蒟酱呈觞[4]。于熙孔学[5]，猗美贵阳，言谋言止[6]，肯构肯堂[7]。禀山

---

[1] 古称黔居西南，介楚、蜀、滇、粤，据南条之脊，地高寒而瘠薄。《书·禹贡》划定我国山势，汉人乃创"三条四列"说，为后世风水龙脉之论所祖。其南条为岷山——敷浅源。

[2] 西粤，指今广西，贵州在其北，地势为高，故谓枕梁。

[3] 牂牁，系船缆之木桩。晋常璩《华阳国志·南中志》："周之季世，楚威王遣将军庄蹻溯沅水，出且兰以伐夜郎，植牂柯系船……因名且兰为牂柯国。"汉武帝时置牂牁郡。

[4] 传茅台酒酱香与蒟酱有关。《史记·西南夷列传》："（唐）蒙归至长安，问蜀贾人，贾人曰：'独蜀出枸酱，多持窃出市夜郎。'"

[5] 于，发语词，无义。熙，兴起，兴盛，光明。

[6] 止，停住，指孔学堂定址。

[7] 此句指构建孔学堂。《书·大诰》疏："父已致法，子乃不肯为堂基，况肯构立屋乎？"堂，立堂基。构，建屋。后反其意而用之，喻子孙能承父业。

川之毓粹，得时势乎隆昌，极人文之溥鬯，衍教泽乎绵长。尔其商宜鸿远①，择吉贞祥，黔灵献瑞②，金筑生凉③，花溪流韵④，白水飞光⑤。诞惟仰先圣，闻昊苍，兴礼乐，美陶唐，据形胜，占丰穰，挹滇洱，带沅湘，延地脉，引龙冈⑥，通都邑，临序庠⑦。于是西求紫椴⑧，南取黄杨⑨，北来曲柳⑩，东致豫樟⑪，凿碔砆于上苑⑫，起玕玤于伊疆⑬，发寿山于东极⑭，理文石于

---

① 商宜，商定适宜。
② 黔灵山，在贵阳主城区北。
③ 金筑，贵州省会贵阳别称，简称筑，为避暑之都。
④ 孔学堂选址花溪之畔。
⑤ 白水河成黄果树瀑布，又名白水瀑布。
⑥ 龙冈，谓山冈有龙脉。
⑦ 孔学堂西临贵州大学、贵州民族大学。
⑧ 紫椴（duàn），珍木。
⑨ 黄杨，珍木。
⑩ 曲柳，珍木。
⑪ 豫樟，本作"豫章"，南昌古郡多产樟，故名豫章。
⑫ 碔砆（wǔ fū），似玉之石。上苑，上林苑。司马相如《上林赋》与《子虚赋》合篇。《子虚赋》"瑌石碔砆"云云。
⑬ 玕（án），美玉。玤（bàng），次玉之石。伊疆，借指新疆，新疆有伊犁。
⑭ 福建闽侯寿山产石，号寿山石。东极，指东海。

南阳①，斩挂星之影树②，断浮屿之穷桑③，绝无何之广漠④，广奇异乎遐荒。尔乃定标三轴，规划四方，风行是辅，礼敬为常⑤，精诚以慎，工巧其良，鲁班延聘，裴秀参商⑥，毫厘核度，尺寸程章⑦，冯冯以协陾陾之筑⑧，矻矻以乘冉冉之光⑨，烝烝以遂皇皇之构⑩，整整以成蔚蔚之堂。

---

① 南阳独山产玉，号独山玉。
② 王嘉《拾遗记·瀛洲》："有树，名影木，日中视之列星。万岁一实，实如瓜，青皮黑瓤，食之骨轻。"
③ 浮屿，谓岛屿若浮于海，此指海滨。王嘉《拾遗记·少昊》："穷桑者，西海之滨，有孤桑之树，直上千寻，叶红椹紫，万岁一实，食之后天而老。"
④ 《庄子·逍遥游》："今子有大树，患其无用，何不树之于无何有之乡、广莫之野，彷徨乎无为其侧，逍遥乎寝卧其下。不夭斤斧，物无害者，无所可用，安所困苦哉！"莫，同"漠"。
⑤ 孔学堂建筑按一纵两横"三轴交联"布局，礼轴为主，纵向自下而上为棂星门、孔子行教塑像、大成门、礼仪广场、大成殿、杏坛，横轴自左向右为明伦堂、六艺学宫，行轴自左向右为奎文阁、乡贤祠、阳明祠。
⑥ 裴秀，魏晋时河东闻喜人，制《禹贡地域图》《地形方丈图》，创"制图六体"。
⑦ 程章，使有规矩、法式。
⑧ 《诗·大雅·緜》："捄（jiù）之陾（réng）陾，度之薨（hōng）薨。筑之登登，削屡冯冯。"毛传："陾陾，众也。"陈奂传疏引《广雅》："仍仍、登登、冯冯，众也。"
⑨ 矻（kū）矻，勤劳不懈貌。冉冉，匆忙貌。
⑩ 烝（zhēng）烝，盛貌。

乃立天门①，云接岱山玉树②；爰开月镜，诗兴泮水春容③。危磴攀升，巘巘千寻泰畤④；高山仰止，延延万世儒宗⑤。粤构爰此，大成其中⑥，四维垂极，六柱蟠龙，明辉鉴顶⑦，魁曲当空⑧，宏哉隆祀，蔼然侍从⑨，杏坛鼓瑟⑩，桂树宣风⑪。乃有颜子乐穷，曾参明德，孔伋封侯⑫，孟轲谥国⑬，并受飨乎蒸蒸⑭，伊传经之翼翼⑮，惟静笃以申申⑯，乃庄严以默默。若夫定礼

---

① 棂星门为孔学堂外门。棂星即灵星，又名天田星，为二十八宿之龙宿左角，以角为天门，故称天门，以门形如窗棂，亦称棂星门。

② 岱山，泰山。

③ 泮水，近泮宫之水。泮宫似周天子辟雍，四面环水，诸侯泮宫三面环水，半圆环如月。

④ 巘（yǎn）巘，险峻貌。八尺为一寻，倍寻为常。泰畤（zhì），天子祭天神之所。

⑤ 延延，长久。

⑥ 孔学堂大成殿为纵横轴中心。

⑦ 大成殿玻璃为顶。

⑧ 魁曲，指魁星，二十八宿之一，主文运。俗谓孔子为文曲星。

⑨ 蔼然，盛多貌。侍从，孔子生徒于此从祀。

⑩ 杏坛，孔子授徒讲学之所。

⑪ 汉平帝追尊孔子为褒成宣尼公。

⑫ 孔伋，孔子孙、孔鲤子，宋徽宗追封沂水侯，元文宗封沂国述圣公。

⑬ 宋神宗追谥孟子为邹国公，元至顺时再谥邹国亚圣公。

⑭ 蒸蒸，兴盛貌。

⑮ 翼翼，隆盛貌。

⑯ 申申，和舒貌。

乐，删诗书，色莞尔①，意皇如②，其圣奥之在诸也；悦箪食，安里闾③，称复圣④，痛丧予⑤，是子渊之不愚也⑥；好勇力⑦，喜积居⑧，谋廊庙⑨，风舞雩⑩，斯徒众之有殊也。遂养浩气之至刚⑪，因初心之不忍，推冻馁于顾他⑫，斥伯劳之诘吻⑬。并以朱子从禋⑭，宋儒立本，

---

① 《论语·阳货》："夫子莞尔而笑曰：'割鸡焉用牛刀！'"
② 皇如，匆遽貌。《孟子·滕文公下》："孔子三月无君，则皇皇如也。"
③ 颜子乐穷，安于陋巷。
④ 元文宗封颜回为兖国复圣公。
⑤ 《论语·先进》："颜渊死，子曰：'噫！天丧予！天丧予！'"
⑥ 《论语·为政》："子曰：'吾与回言，终日不违，如愚。退而省其私，亦足以发，回也不愚。'"
⑦ 子路好勇力，冠雄鸡，佩猳豚，二物皆勇。
⑧ 《史记·仲尼弟子列传》："子贡好废举，与时转货赀……家累千金。"
⑨ 孔子称子贡为廊庙之器。
⑩ 舞雩（yú），求雨之地。《论语·先进》，曾点"浴乎沂，风乎舞雩，咏而归"云云。
⑪ 《孟子·公孙丑上》："我善养吾浩然之气。"
⑫ 《孟子·梁惠王下》："孟子谓齐宣王曰：'王之臣，有托其妻子于其友，而之楚游者，比其反也，则冻馁其妻子，则如之何？'王曰：'弃之。'曰：'士师不能治士，则如之何？'王曰：'已之。'曰：'四境之内不治，则如之何？'王顾左右而言他。"
⑬ 诘吻，谓言语诘屈聱牙。《孟子·滕文公上》指"南蛮䴕舌"。
⑭ 从禋（yīn），配祀。朱子配祀大成殿。

理以周行[1]，月无亏陨[2]，潜跃鱼龙，高飞鹰隼[3]。

羌筑坛以为教，伊授业之所欢，既规仪于曲阜[4]，乃崇址于高峦，上大成以广视[5]，揽奇胜而美观[6]。读易时来松雨[7]，咏沂故起溪湍[8]；苗岭别分秋色，武陵不驻春寒。乃惟四方周场[9]，六艺名宫，大成中正，是副右从[10]，弘斯实实[11]，懿此融融[12]，礼因别异，乐以和同，御如筹握，射以风容，书由涵静，数以幽通。至于孔门立学，《天运》称经[13]，《书》爱知古，《诗》以

---

[1] 宋儒立儒学本体，即天理也，以谓天理至善，遍在万物，人禀天理而生，其性本善。周行，周遍流行。

[2] 亏，缺损。陨（yǔn），毁坏。理一分殊，遍在万物，无所亏缺，如月映万川，而不损其圆满。

[3] 宋儒理学谓天理遍在万物，万物悉见天理，鸢飞鱼跃，万物生生，以见天机活泼。

[4] 规仪，规拟、规摹。孔子生曲阜，孔庙以曲阜为宗。

[5] 孔学堂杏坛在大成殿之上。

[6] 美观，观瞻为美。

[7] 传孔子读《易》，韦编三绝。

[8] 《论语·先进》曾点"浴乎沂"云云。孔学堂在花溪之畔。

[9] 孔学堂大成殿前辟广场，从殿名。

[10] 副，辅助，相配。从，从属。孔学堂六艺学宫面向大成殿之右，即大成广场正右。

[11] 实实，广大貌。

[12] 懿此融融，即融懿，和美貌。

[13] 《庄子·天运》："孔子谓老聃曰：'丘治《诗》《书》《礼》《乐》《易》《春秋》六经，自以为久矣。'"

娱情,《春秋》继绝,礼乐有征,易穷其妙,道本无形。故乃毛诗传序,孔鲤趋庭,康成衍义①,元晦注经②;应诸侯之重聘,乐钟鼓之谐鸣,观风谕之递变,起群怨之可兴,识鸟禽之博物,广草木之多英③。乃如姬旦誓辞④,武王移鼎⑤,孔子绝编⑥,鲁宫秉檠⑦,对天地之茫茫,邈年光之憬憬⑧,叹桑海之慌慌⑨,仰星河之耿耿⑩,演卦象于芸芸,鉴古今于醒醒⑪。

---

① 郑玄字康成,遍注群经。
② 朱熹字元晦,撰《四书章句集注》。
③ 《论语·阳货》:"小子何莫学夫诗?诗,可以兴,可以观,可以群,可以怨,迩之事父,远之事君,多识于鸟兽草木之名。"英,花。
④ 周公姬姓,名旦,伐商于牧野,作《牧誓》。周公制典章礼乐,子伯禽受封鲁,为鲁公,故周公礼乐传于鲁,孔子尊之。后世并称周孔,尊周公为元圣。
⑤ 夏禹收九牧之金铸九鼎于荆山之下,以象九州。商灭夏,迁九鼎于亳。周灭商,徙九鼎于镐京。
⑥ 绝,断。编,穿连竹简之绳。《史记·孔子世家》:"孔子晚而喜《易》……读《易》,韦编三绝。"
⑦ 秉檠,掌灯,指鲁史官著《春秋》。
⑧ 憬憬,遥远貌。
⑨ 慌慌,恍惚,如一瞬之间。
⑩ 耿耿,明亮貌。
⑪ 醒醒,清醒貌。

若乃星祭天田①,学尊奎阁,玉栏扪参②,碧檐俯壑,栋栖御日之乌③,梁止架桥之鹊④,帘飞金鼎之云⑤,门启乌蒙之钥⑥。夫以典坟尊阁⑦,学术崇高,弘农楮墨,博记颖毫⑧,穷儒林之渊薮,竭宿学之劬劳⑨,坐书城以拥据⑩,窥册府以游遨。于是名重关西⑪,歌起扶风之帐⑫;墓封山左⑬,学归有汉之成;世谓无双,字拟兽蹄之迹⑭;代兴繇统⑮,义裁经传之衡⑯。若夫北

---

① 棂星本称灵星,为天田星。
② 扪(mén),抚,摸。参,星宿名。李白《蜀道难》:"扪参历井仰胁息,以手抚膺坐长叹。"
③ 乌为日精。
④ 七夕,喜鹊架桥,织女渡银河会牛郎。
⑤ 遵义有金鼎山,在贵阳北。
⑥ 乌蒙山,在贵阳以西。钥,关要。
⑦ 《说文·丌部》:"典,五帝之书也。从册在丌上,尊阁之也。"
⑧ 韩愈《毛颖传》,颖为笔,笔端为毫,毫端为颖,弘农陶泓为砚,褚先生为纸,盖以楮木皮造纸也。
⑨ 劬劳,劳苦、辛勤。《诗·邶风·凯风》:"棘心夭夭,母氏劬劳。"
⑩ 拥据,拥有,据有。三国时李谧谓"丈夫拥万卷书,何暇南面百城"。
⑪ 关西,函谷关以西,今陕西、甘肃二省属之。
⑫ 马融为扶风人,施绛纱帐,前授生徒,后列女乐。
⑬ 山东在太行山之左,故称山左。郑玄字康成,北海高密人,其学集汉代经学大成。
⑭ 许慎《说文·序》:"黄帝之史仓颉,见鸟兽蹄迒之迹,知分理之可相别异也,初造书契。"
⑮ 繇(yóu)统,繇,同"由"。繇统,由乎统绪,学有统绪。
⑯ 孔颖达奉唐太宗命编纂《五经正义》,集历代经学大成。

阙灯辉,南山桂落,都尉嗟嘘①,子云寂寞,萤爝昏黄,书床旷廓,三字班经②,一朝享酢③,斯其博雅于前朝,而沾濡于厚泽矣乎?至于贾逵问事,历算为能,县男图貌④,博弈增荣⑤,以及隆阜编修⑥,松崖嗜泥⑦,焦算精通⑧,阮刊溥惠⑨,胡如拥卷而不观,而托心于无际也夫⑩!何况掘石铸铜,出盐煮海⑪,潜蓄无穷,精研不殆⑫,其于儒门之学,故乃延亘于百朝⑬,而传承于千载也已!

是以经衍注疏,儒分汉宋,理有所依,义乃并用,

---

① 卢照邻为益州新都尉,作《长安古意》略云:"寂寂寥寥扬子居,年年岁岁一床书。独有南山桂花发,飞来飞去袭人裾。"
② 班,排列。《三字经》:"五子者,有荀扬。文中子,及老庄。"
③ 享酢(zuò),谓扬雄享祀。宋神宗时荀况、扬雄、韩愈配祀孔子。
④ 陆德明封吴县男,著《经典释文》等,与孔颖达等同列贞观十八学士,唐太宗命阎立本作《十八学士写真图》,褚亮题赞。
⑤ 唐太宗常与十八学士弈棋。
⑥ 清戴震字东原,休宁隆阜人,召为《四库全书》纂修官。
⑦ 清惠栋号松崖,其学信家法而尚古训,人谓"嗜博泥古"。泥,读去声。
⑧ 清焦循精天算。
⑨ 阮元主刻《十三经注疏》。
⑩ 非实学而事空论之谓。
⑪ 皇侃为南朝梁吴郡人,精三礼,孔颖达称其词富理博,如依山铸铜,煮海为盐。
⑫ 殆,《广韵》徒亥切,定母海韵,上声,困乏,疲惫。
⑬ 延亘(gèn),绵延伸展。《西京杂记》卷二:"其诸宫观相连,延亘数十里。"

方皓首以穷原,伊浮图以滋众,鼓狂佞于若癫,堕虚空之如梦。乃有昌黎朝奏,潮郡左迁①,濂溪阐易,茂叔爱莲②,横渠主气③,康节先天④,程朱尊理,伊洛同编⑤。故以晦翁从祀,天理不偏,儒宗振作,学脉绵延。以至辩难心性,启发良知,龙场悟道,阳明受祠,斯在大成之侧,诞塑于兹,维时寝寝⑥,于色怡怡⑦,芳华暖暖⑧,飞走熙熙⑨。想重关之辽邈,怅层岭之逶迤,历崄巇以慨叹⑩,临深窅而嗟咨⑪。于以穴处,爰驱豺虎,瘴疠肆炎⑫,蕨薇茹苦,宿雨湿床,山风消暑。是时也,天籁无声,月光如许,于是照见本心,洞明霄宇,物类盈盈,阳曦煦煦⑬,毕悟一时,开明万古。故乃风

---

① 韩愈以上《谏迎佛骨表》贬潮州,作《左迁至蓝关示侄孙湘》略云:"一封朝奏九重天,夕贬潮阳路八千。"
② 周敦颐字茂叔,号濂溪,作《爱莲说》。
③ 张载称横渠先生,其学主气。
④ 邵雍谥康节,主先天象数学。
⑤ 程颢、程颐讲学于伊河、洛水之间,有《二程遗书》。
⑥ 寝寝,渐渐。
⑦ 怡怡,安适自得貌。
⑧ 暖暖,繁茂貌。
⑨ 熙熙,繁盛貌。
⑩ 崄巇(xiǎn xī),高耸险峻、崎岖不平貌。
⑪ 深窅(yǎo),幽深;深邃。
⑫ 肆,恣肆。炎,热。
⑬ 阳曦,阳光。煦煦,温暖。

靡四境，学传一心，如归真宰①，如接天音，惠兹福地，泽若甘霖，欣荣嘉木，悦豫祥禽，悠悠在昔，衍衍于今。

乃祀乡贤，于怀先匠，二千年间，六艺宫上②，雅注钩沉，舍人聿创③，许学载传④，赋心不妄⑤。故当两汉之时，三贤之学⑥，西僰屏远⑦，南荒化朴，其志敦敦，其行卓卓。方盛览、尹珍之献脩也，临险绝，历穷危，披荆棘，掩荼蘼⑧，遭狼狈，逆委蛇⑨，避虎瞰⑩，触猿啼，意惶恐，色痿疲⑪，衣褴褛，足胼胝⑫，经年以至，毕力焉辞？是以相如得意，许慎称奇，倾囊以授，竭智

---

① 真宰，谓心为万物主宰。
② 乡贤祠在六艺宫之后，地势为上。
③ 舍人，西汉犍（qián）为郡人，为郡文学卒史，汉武帝时待诏，撰《尔雅注》三卷，为"汉儒释经之始"。
④ 东汉许慎作《说文》，牂牁郡毋敛尹珍从学归。
⑤ 《西京杂记》卷二司马相如答盛览言赋心云云。盛览，西汉牂牁郡人，学赋于相如。
⑥ 舍人、盛览、尹珍合称贵州汉三贤。
⑦ 西僰（bó），汉唐蒙使略通夜郎西僰中。夜郎、僰中并西南夷，后置牂柯、犍为二郡。犍为郡有僰道县，即今四川叙州府治，其人民曰僰。《礼记·王制》"屏之远方"注："九州之外也。"
⑧ 掩，打，拨开。荼蘼（tú mí），落叶灌木。
⑨ 逆，迎受，犹遭遇。委蛇，蛇行，俯伏爬行貌。
⑩ 瞰（kàn），窥看。
⑪ 痿疲，疲弱不振。
⑫ 胼胝（pián zhī），手足因常劳作所生厚茧。"衣褴褛，足胼胝"取自侯文学《盛览献脩赋》。

所施。于是学成而返，教化斯持，绵历十代①，卒兴一时，世惟陵替，学以缉熙②。尔乃考核舆轮，笺正文字，是子尹之志也③；董理断残④，校雠舛异，斯友芝之思也⑤；使对番夷，精通文义，其庶昌之器也⑥。益以茫父刻钤⑦，人讶彝蝌蚪金⑧；文驄点染，世传碧

---

① 自汉接六朝及隋唐宋元明十二朝，"十"约指也。贵州至明代学术文章始兴，晚清大振。

② 缉熙，光明。

③ 郑珍字子尹，清道、咸年间贵州遵义人，著《仪礼私笺》《说文逸字》《说文新附考》等。

④ 断残，"断简残篇"之略。

⑤ 思，《广韵》相吏切，去声，平水韵去声寘韵。莫友芝，字子偲，自号郘亭，贵州独山人。张裕钊曰："子偲之学，于《苍雅》故训、六经名物制度，靡所不探讨。"

⑥ 庶昌，指黎庶昌，字莼斋，贵州遵义人，以廪贡生授知县，入曾国藩幕，得桐城、湘乡文法。从郭嵩焘出使欧洲，任驻英、法、德、西班牙四国参赞，游比、瑞、葡、奥等国，撰《西洋杂志》，光绪七年任出使日本大臣。

⑦ 姚华号重光，一号茫父，贵州贵筑人，光绪三十年进士，授工部虞衡司主事，民国后任北平女师、美专校长，有《弗堂类稿》三十一卷。钤(qián)，印章，盖印。刻钤，概谓刻印。

⑧ 彝金，彝鼎金文。蝌蚪，蝌蚪文。古以点漆书竹上，竹硬漆腻，笔画不能行，头粗尾细，形似蝌蚪。

血桃花①。唱首驰书②，学起京师栋宇；状元赐玉③，才飞甲秀云霞④。是皆绍承宗绪，奋厉天涯，振扬闾里，誉美迩遐；其于陬邑之嗣⑤、大方之家，宁谓井蛙自陋⑥、河伯谩夸矣乎⑦？

夫惟尊雅重言，修辞润色，是孔门崇文之德也。是以情之所兴，身之所历，咸有喜乐悲欢，愉怡愁恻，其于百代蕴涵，一方奇特，宁有寂寂哑喑、沉沉渊默者乎？抑德之所持、学之所养，溢以为文，发而有响，其郑莫巨儒⑧、朱陈姻党欤⑨？故谓郑诗横绝⑩，莫

---

① 杨文骢，字龙友，贵阳人，流寓金陵，博学好古，善山水。率众抗清被执，谕降不屈，举家罹难。孔尚任《桃花扇》，秦淮名妓李香君碧血溅扇，杨龙友点作桃花。
② 唱首，犹创始、领袖。驰书，指奏疏。
③ 赵以炯为状元，贵州贵筑青岩人。夏同龢亦状元，贵州麻哈人。
④ 甲秀楼在贵阳城南南明河上，取科甲挺秀之意。以河中鳌矶为基，始建于明，毁而重建，改名来凤阁。清数重修，复原名。今存甲秀楼为宣统元年重建。
⑤ 陬（zōu）邑，边远乡邑。
⑥ 《庄子·秋水》"坎井之蛙"云云。
⑦ 河伯，黄河之神。《庄子·秋水》："吾长见笑于大方之家。"
⑧ 郑珍、莫友芝并称"西南巨儒"。
⑨ 白居易《朱陈村》："徐州古丰县，有村曰朱陈……一村唯两姓，世世为婚姻。"郑珍、莫友芝两家多姻连。
⑩ 吴敏树谓"子尹（郑珍）诗笔，横绝一代，似为本朝人所无"。

作专精[①],夜郎王气[②],诗史鸿名[③]。益有莘斋平议[④],玉峰正衡[⑤],赵萧明易[⑥],陈傅深经[⑦],咸以乾嘉流被,学问泓渟,其注之于笔、发以为情也,犹涨河思决,飞瀑激訇[⑧],随宜所遇[⑨],变化相生。或涌浟以洝瀤[⑩],伊喷腾而感突[⑪];或澎濞以濆沦[⑫],乃愤悁而轩越[⑬];或洄沍以潺湲[⑭],羌纡徐而滃勃[⑮],或沖瀜以沆瀁[⑯],絷徜徉

---

① 郑珍称莫友芝"制境之耿狷,求志之专精,用心之谨细,非似古人之苦行力学者欤"。
② 钱仲联《论近代诗四十家》论郑珍诗:"清诗三百年,王气在夜郎。经训一菑畲,破此南天荒。"
③ 钱仲联谓莫友芝诗"足当诗史"。
④ 宦懋庸号莘斋,清贵州遵义人,治许、郑之学,著《六书略平议》等。
⑤ 雷廷珍字玉峰,清绥阳县人,著《经义正衡》《文字正衡》《时学正衡》等。
⑥ 赵懿、萧光远并遵义人,精《易》。
⑦ 陈傅,指陈法、傅寿彤。陈法,清贵州安平人,著《易笺》《明辩录》等。傅寿彤,清贵筑人,著《孝经述》《古音类表》《孔庭学裔》等。
⑧ 激訇(hōng),激水以发大声。訇,声音宏大。
⑨ 随宜,无处不宜。
⑩ 涌浟(fú),涌起洄流。洝瀤(wā huái),不平貌。
⑪ 感突,冲撞奔突。
⑫ 澎濞(pì),状大水声。濆(pēn)沦,起伏急疾貌。
⑬ 愤悁,愤恨。轩越,高昂激越。
⑭ 洄沍(hù),水流受阻回旋貌。
⑮ 滃(wěng)勃,云蒸雾涌貌。
⑯ 沖瀜(chōng róng),水深广貌。沆瀁(hàng yǎng),犹汪洋,水深广貌。

而荒忽①。于是酌觥赤水②,醉墨黔山,碧岚汗漫③,玉屑琅玕④,乐韩黄以踔跃⑤,逗才学以翩跹,嗜鼎彝之斑驳⑥,拥鼓纛而骈阗⑦,流声名以缅慕,转日月以婵娟⑧。

是故学之在野⑨,地以斯文,食苹鸣鹿,燕旨来宾⑩,薄言堂构,曰若明伦⑪。爰立大成之左,广场其邻,盈门济济,延座振振⑫。乃并卑右水滨⑬,泻下春云,

---

① 繄(yī),语助无义。徜徉,安闲自在貌。荒忽,遥远貌。
② 觥(gōng),酒器。酌觥,酌酒。赤水为"美酒河",茅台产焉。
③ 汗漫,广大,漫无边际。
④ 玉屑,喻美好文辞。琅玕,似玉美石,喻珍贵、美好之物。
⑤ 道、咸"宋诗派"程恩泽、祁寯藻、曾国藩、何绍基并黔中郑、莫皆尊韩愈、黄庭坚,以文为诗,以议论为诗,以学问为诗。
⑥ 陈田《黔诗纪略后编》谓郑珍"通古经训,奇字异文,一入于诗,古色斑斓,如观三代彝鼎"。
⑦ 鼓纛(dào),战鼓、大旗。骈阗(tián),聚集一处。
⑧ 婵娟,美好。
⑨ 《汉书·艺文志》,孔子谓"礼失而求诸野"。
⑩ 《诗·小雅·鹿鸣》:"呦呦鹿鸣,食野之苹。我有嘉宾,鼓瑟吹笙……我有旨酒,嘉宾式燕以敖……我有旨酒,以燕乐嘉宾之心。"燕,同"宴"。旨,美味,指"旨酒"。
⑪ 孔学堂明伦堂,为会议与学术交流中心。
⑫ 延座,请坐。振(zhēn)振,盛貌。
⑬ 卑,下。孔学堂研修园在主殿区右下花溪水滨。

华檐叠碧,绿柳浮新,研修来止①,骑驾軿臻②,隽髦绎绎③,胜妙纷纷。其制也,或整丽以堂皇,或庄严以质朴,或隽秀以精工,或奇佲以傀卓④,参错层榱⑤,勾连峻桷⑥,罗幕垂阴,风檐翔翯⑦。是以顺势连延,依山迤迤⑧,漫步穷幽,移行继美,芬菲桂兰,离披蕙芷,越树春红⑨,蛮藤秋紫⑩。歌兮如杏林之坫⑪,咏兮若泗水之湄⑫,集兮邀阳和之日,游兮订花发之期。抟扶摇于鹏举,绝险棘于风驰⑬,跻千寻而西笑⑭,渺

---

① 止,停住,住下。
② 軿臻(píng zhēn),聚集。
③ 隽髦,杰出之士。绎绎,相连貌。
④ 奇佲(gāi),奇异,非常。傀(guī)卓,卓异。
⑤ 榱(cuī),椽子。
⑥ 峻,高而陡。桷(jué),方形椽子。
⑦ 翯(hè),鸟羽白洁之谓。
⑧ 迤迤(lǐ yǐ),曲折连绵貌。
⑨ 越树,越地之树。贵州古属百越地。
⑩ 蛮藤,南方所产藤,可编簟席。
⑪ 坫(diàn),本义房中土台,此指坛。
⑫ 古洙、泗二水自今山东泗水县北合流而下,至曲阜北,又分二水,洙在北,泗在南。春秋时属鲁国地,孔子于洙、泗间聚徒讲学。湄(méi),河岸。
⑬ 绝,越过。此句谓可乘高铁至黔。
⑭ 跻(jī),登。《太平御览》卷三九一引汉桓谭《新论》:"人闻长安乐,则出门西向而笑。"

万里而南为①,拔楼林于惊诧,谢火正以和宜②。虹映薄天③,光度银河之鹊;笙吹彻夜,歌啼雪涧之螭④。凭胜境以周涵⑤,时雍于是⑥;比连城以环拱⑦,气脉维斯。

于是氛清气爽,天迥隼张⑧,嘉禧风日,绚丽秋阳,整仪其盛⑨,祭孔之将⑩。尔乃排批班次⑪,俨肃衣裳⑫,八音协律⑬,三献成章,呜吟虔敬,迎送矜庄⑭。顺阴阳以和昶⑮,击钟鼓以铿锵,应山川以浩宕,感天

---

① 渺,茫茫然。《庄子·逍遥游》:"蜩与学鸠笑之曰:'我决起而飞,抢榆枋而止,时则不至,而控于地而已矣,奚以之九万里而南为?'"
② 谢,推辞,辞谢。火正,掌火之官。和宜,舒适。
③ 薄,迫近。
④ 螭(chī),无角龙。
⑤ 周涵,普遍包容。
⑥ 时雍,指时世太平。
⑦ 连城,城相连。环拱,犹环绕,此谓城市环绕孔学堂之地。
⑧ 隼(sǔn),鸟之翅窄而尖,嘴短而宽者。张,如隼展翅,飞扬貌。
⑨ 整仪,谓检查仪仗,使具威仪。
⑩ 将,大,壮。
⑪ 排批,亦作"排比"。班次,按品级排列位次。
⑫ 俨肃,庄重严肃。
⑬ 文庙大成殿,孔子及四配十二哲牌位前,常置大成乐,为金、石、丝、竹、匏、土、革、木所制八音乐器。
⑭ 矜(jīn)庄,严肃庄敬。
⑮ 和昶(chǎng),亦作"和畅"。

地以祺祥,齐箫笙以融懿①,谐琴瑟以颉颃②,引凤凰以回互③,致孔雀以翔佯④。兴舞容⑤,威队仗⑥,举云霓,麾旄象⑦,颂鸿熙⑧,讴嘹亢,招夐寥⑨,通幽旷⑩。礼文兮合佾⑪,希古兮为装⑫,发歌兮成阕⑬,奋袂兮扬芳⑭,飞花兮虹采,散藿兮天香⑮,蔼蔼兮华庭⑯,殷殷兮腆贶⑰,邈邈兮昭临⑱,翩翩兮来飨,隆仁兮八表⑲,降福

---

① 融懿,和美。
② 《诗·周南·关雎》:"参差荇菜,左右采之。窈窕淑女,琴瑟友之。"《诗·邶风·燕燕》:"燕燕于飞,颉之颃之。"
③ 回互,往复,来回。
④ 翔佯(yáng),往返回旋。
⑤ 舞容,舞蹈仪容。
⑥ 队仗,仪仗队。
⑦ 麾(huī),挥动。旄(máo)象,旌饰象牙之谓。
⑧ 鸿熙,清明兴盛。
⑨ 夐(xuàn)寥,辽远。
⑩ 幽旷,幽深旷远。
⑪ 礼,尊,崇。文,仪文。佾(yì),乐舞行列。合佾,合乎乐舞行列规定。
⑫ 希古,慕古,合乎古制,今祭孔仪式服饰多仍明制。
⑬ 阕,歌曲或词一首、一段为一阕。
⑭ 奋,举起。袂(mèi),衣袖。扬芳,传播芳香,此指舞者散花。
⑮ 鲍照《拟行路难十八首》其三:"璇闺玉墀上椒阁,文窗绣户垂罗幕。中有一人字金兰,被服纤罗蕴芳藿。"
⑯ 蔼蔼,茂盛貌。
⑰ 腆贶(tiǎn kuàng),厚赐。
⑱ 邈(miǎo)邈,遥远貌。昭临,光临。
⑲ 八表,八方以外,极远之地。

兮十方^①,康宁兮九夏^②,绥辑兮万邦^③。诞圣门之繇统兮,曰惟存绪于玄黄^④;羌玉堂之集美兮,于以寄梦于繁昌。

---

① 十方,指东、西、南、北、东南、西南、东北、西北、上、下十方位。
② 九夏,九州华夏。
③ 绥（suí）辑,安抚集聚。
④ 存绪,存留统绪。玄黄,天地之色,此指天地。

卷二　赋

巴蜀全书赋

国称巴蜀，地括渝川，江通巫峡，路接青天[①]。据纵深而貤衍[②]，亘横断以连绵，化人文于天府，滋物类于骊渊[③]。若乃沉湮骨齿[④]，揖别人猿，虎头铜剑[⑤]，赤

---

① 李白《蜀道难》："蜀道之难，难于上青天。"
② 貤（yí）衍，流衍及后世。
③ 骊（lí）渊，藏骊珠之渊，喻才思文藻之源。
④ "巫山人"在二百万年前，"资阳人"在三万五千年前。
⑤ 云阳李家坝遗址出土青铜剑，并有铜戈刻虎纹者。

穴廪君[1],蚕丛椎髻[2],柏灌羌毡[3],鱼凫仙去[4],鹃鸟春还[5],濮髳誓牧[6],茶马交滇[7],三雄鼎立[8],五季宸传[9]。羌冥芒以怀古[10],伊缅邈乎纪年,悲瞬扬于桑陆[11],叹恍惚乎沧田,既成都以籍户[12],乃封邑以编廛[13],擅裕饶乎鱼米,极繁庶于人烟,隆诗书之门第,错榆柳之陌阡。

---

[1] 传巴务相为巴、樊、晖、相、郑五姓酋领。巴氏出赤穴,其余出黑穴。务相号廪君,初居武落钟离山,后率五姓沿夷水至盐阳,入川东,巴族兴焉。
[2] 蚕丛氏善蚕,目前突如蟹,头后结椎髻,衣左衽,徙部自岷山至成都,始称蜀王。
[3] 晋常璩《华阳国志》谓蜀国"次王曰柏灌"。传羌人入川,柏林在畔,因以为柏灌氏。
[4] 蚕丛、柏灌后,鱼凫氏王蜀。
[5] 传周季杜宇始称帝于蜀,号望帝。晚岁蜀民患洪,乃使其相鳖灵治水。患平,杜宇感其德,禅帝位,退西山,死化鹃鸟春鸣,蜀人闻之曰"我望帝魂也",因呼鸟为杜鹃。
[6] 濮为先秦南方之族,以部支众散,不相统属,故有"百濮"之称。周武王伐纣,濮与庸、蜀、羌、髳等为焉。髳在今陇、川界地。见《书·牧誓》。
[7] 川藏茶马古道始唐,东起雅安,经打箭炉入藏,至不丹、尼泊尔及印度。
[8] 三雄,指三国魏、蜀、吴主。
[9] 宸(chén)传,帝位承传。
[10] 冥芒,模糊不清。
[11] 瞬扬,"扬眉瞬目"之略,喻时极短。
[12] 成都,形成都城。
[13] 廛(chán),都城民房地,如廛里、市廛。编廛,犹编户,亦指房舍。

于是临邛升鹤[1]，司马摛文[2]，学风迤演[3]，辞藻缊缊。故乃弘光汉赋，绍续骚人，宣源江海，比誉渊云[4]。裁锦霞飞秋碧[5]，当垆酒醉春妍[6]，鸿采煦蒸梦泽[7]，凤章滃郁甘泉[8]。是以苞吞宇宙，纵贯古今，子虚预设，太白哦吟，《洞箫》赋罢[9]，《霓羽》响沉[10]。拥锦官之花重[11]，咏剑阁之名垂[12]，崇三苏以仰止，旷千古而嗟咨，肆鼎堂之逸放[13]，泣《寒夜》之传奇[14]。

若夫赋资小学，论准《法言》[15]，代传《周易》，经

---

[1] 陈寿《益部耆旧传》，西汉胡安居临邛白鹤山传《易》，相如从问学。安得道，跨白鹤而升。

[2] 摛（chī）文，铺陈文辞。

[3] 迤（yǐ）演，演化为盛。

[4] 王褒字子渊，扬雄字子云。

[5] 蜀称"蚕丛"之国，桑蚕始兴战国，蜀锦闻名。

[6] 司马相如与卓文君当垆（lú）卖酒。垆，置酒坛土墩。

[7] 煦（xù）蒸，蒸腾。

[8] 滃（wěng）郁，云气弥盛貌。扬雄作《甘泉赋》。

[9] 王褒，蜀人，作《洞箫赋》。

[10] 安史乱后，唐玄宗幸蜀。传《霓裳羽衣曲》为玄宗作。

[11] 杜甫《春夜喜雨》："晓看红湿处，花重锦官城。"

[12] 杜甫有《剑门》诗。

[13] 郭沫若字鼎堂。

[14] 巴金著《寒夜》。

[15] 扬雄撰《法言》。

演《太玄》[1]，长生博识[2]，鼎祚开筵[3]，乃至苏门首唱，蜀学诞兴，了翁穷理，德秀齐名[4]，融和三教，争抗二程。西水见推于崔许[5]，南轩进学于湖湘[6]，赵采权衡于闽洛[7]，资州风化于豫章[8]。纳兰缉编，传礼仪于慈利[9]；真儒崛起，穷经史于瞿塘[10]；誉美才高，甲绵州以子杰[11]；虑周体大，汇道海于汪洋[12]。至于本民夷

---

[1] 扬雄著《太玄》。

[2] 范长生，涪陵丹心人，蜀八仙之一。《资治通鉴》："长生博学，多艺能，年近百岁，蜀人奉之如神。"

[3] 李鼎祚，唐资州盘石人，精经义象数，擅筮占。

[4] 魏了翁与真德秀齐名。魏了翁，字华父，南宋邛州蒲江人，学尊朱子，辟佛、老无欲之说。

[5] 李心传晚以崔与之、许奕、魏了翁等荐为史馆校勘。心传为南宋隆州井研人，隆州有西水。

[6] 张栻号南轩，南宋汉州绵竹人，主岳麓书院教事，从学数千众。进学，谓劝学，唐韩愈有《进学解》。

[7] 世称朱子闽学、二程洛学。赵采字德亮，元潼川人，著《周易程朱传义折衷》等。

[8] 黄泽字楚望，资州人，家于九江，为东湖书院山长。九江属豫章。

[9] 王申子字巽卿，元邛州人，仁宗皇庆中，征为武昌路南阳书院山长，后居慈利州天门山。

[10] 来知德字矣鲜，别号瞿塘，明夔州府梁山县人，穷经史，成《易经集注》，御赐"崛起真儒"。

[11] 李调元号雨村，清绵州人，有神童誉。子杰，卓立，特出。

[12] 刘沅为清蜀中宿儒，创槐轩学派，萧天石《道海玄微》谓其"博学多方，虽较庞杂，然以其能障百川而东之，汇万流于一海"。

而继荀孟，别今古而启康梁，则起《潜书》之发用①，而预新纪之维纲也已！

乃惟史学之隆②，秘书之撰③，经历有征，取裁所本，前史爰尊④，后人斯缵。于是鉴乎天汉，表以华阳⑤，考诸远古，述此职方⑥，益郫悠远⑦，僰鳛杳茫⑧，号博综以为志，发幽秘之所藏，惠史家以采摭，立体例以周详。进以梦得鉴唐⑨，子由修古⑩，《会要》《系

---

① 唐甄，四川达州人，与黄宗羲、顾炎武、王夫之并称明末清初启蒙思想家。著《衡书》"权衡天下"，后改题《潜书》，意主"潜存待用"，排斥专制，倡扬民本，章太炎《文录·征信论上》称其上继孟、荀、阳明，下启戴震。
② 刘咸炘谓"唐后史学，莫隆于蜀"。
③ 撰，《广韵》雏鲩切，上声。
④ 陈寿蜀人，蜀汉时为东观秘书郎，撰《三国志》，为前四史之一。
⑤ 常璩，字道将，东晋蜀郡江原人，撰《华阳国志》。《序志》曰："唯天有汉，鉴亦有光。实司群望，表我华阳。"
⑥ 职方，犹版图，泛指国家疆土。
⑦ 益郫（pí），益州、郫县。
⑧ 僰（bó），西南古族。鳛（xí），贵州遵义有鳛水，今作习水。
⑨ 范祖禹，字淳甫，一字梦得，宋成都华阳人，著《唐鉴》等，学者尊之，目为唐鉴公。
⑩ 苏辙字子由，撰《古史》，为旧史重修名著。

年》①,《续编》继武②,《事略》据依③,景卢夸许④,咸以殚力积思,接薪续缕,起宏构以堂皇,负令声而卓巨⑤。

至于史迁疏请,皇上诏行,太初造历,洛下应征⑥,计回归以精确,等朔望以均衡,合阴阳于星象,导世界于文明。比及退修护命,鲁直播芳,斯人颖异,其说汪洋,转胎肇创,《产论》传扬,领先欧陆,震动扶桑⑦。乃并《证类》垂功,南郊类医方在世;审元配剂,东璧尊药祖于堂⑧;漫志碧鸡,述糖谱爰增七

---

① 李心传撰《宋会要》《建炎以来系年要录》等。
② 李焘字仁甫,南宋眉州丹棱人,著《续资治通鉴长编》。
③ 王偁字季平,南宋眉州人,撰《东都事略》一百三十卷。
④ 洪迈字景卢,谓《事略》"皆信而有征,可以据依"。
⑤ 令声,犹美誉。巨,《广韵》其吕切,上声。
⑥ 汉武帝元封七年,诏公孙卿、壶遂、司马迁等人议造汉历,并征民间二十余人任事,治历邓平、长乐司马可、酒泉郡侯宜君、方士唐都、巴郡落下闳与焉。
⑦ 杨子健字康侯,号退修,北宋四川青神人,著《十产论》,所记转胎位术,领先欧陆五百年,传日本,震动医林。黄庭坚游青神,识其人,悉读其书,为序《神通论》,称"其说汪洋"。
⑧ 李时珍字东璧,晚号濒湖山人,筑东璧堂。唐慎微字审元,宋成都人,称药祖,撰《经史证类备急本草》,李时珍《本草纲目》以为蓝本。

录①；开方安岳，著数书大衍《九章》②。

是故地惟人杰，郡以文昌，邑成教化，家有书香。遂私许于挑琴，世知马卓③；携赓酬而秉烛④，人羡黄杨⑤；伊仲叔之诗文，并承家学⑥；诞钦元之誉望⑦，同禀祖乡⑧。乃有一门二相，四世六公，父兄比次，昆季偕同⑨，名希尧上⑩，才美蜀中。三苏地别乎铜眉⑪，四李名传于遐迩⑫，巽岩课子于丹棱⑬，儒第共孙于素

---

① 王灼字晦叔，宋四川遂宁人，撰《碧鸡漫志》，又撰《糖霜谱》。《说文》有"饴"无"糖"。徐铉《新附字》益之，然亦训为"饴"，不言蔗造。铉五代宋初人，尚不知蔗糖事。则灼所征故实，始于元祐，非疏漏矣。

② 秦九韶字道古，宋末普州安岳人，与李冶、杨辉、朱世杰并称宋元数学四大家。著《数书九章》，论大衍求一术，迄今为世界所重。又开高次方与解高次方程，领先英国霍纳（1819）五百余年。

③ 司马相如琴挑，卓文君私奔。遂，成功，实现。

④ 赓酬，作诗互相赠答。

⑤ 杨慎号升庵，明四川新都人。明代记诵之博、著作之富，推慎第一。妻黄娥，字秀眉，四川遂宁人。明有刊本《杨升庵夫人词曲》。

⑥ 指苏轼、苏辙兄弟。

⑦ 苏易简，北宋梓州铜山人，与孙舜元、舜钦合称"铜山三苏"。

⑧ 祖乡，犹故乡。

⑨ 霍松林称阆中陈省华及其子尧佐、尧叟、尧咨等"一门二相，四世六公，昆季双魁多士，伯仲继率百僚"。

⑩ 尧上，尧世之上。陈省华字善则，北宋阆州人，子尧叟、尧咨及孙女婿傅尧俞皆为状元第，二子尧佐及进士第，时称一门四进士、三状元。

⑪ 苏洵、苏轼、苏辙为"眉山三苏"，苏易简与孙舜元、舜钦为"铜山三苏"。

⑫ 井研李舜臣及其子心传、道传、性传，号"四李"，三子名皆有"传"字。

⑬ 李焘号巽岩，南宋眉州丹棱人，与子壁、𡌴，并擅文史之学。

里①。率以炳耀家声，光荣桑梓，卒乃一境传名，千秋继祀②，留事迹于言文，裒词章于帛纸③。

乃至英雄乘势，志士识时，投身不顾，毕力焉辞？故有公强保路，义举兴师④，唱扬民主，议退慈禧⑤，止园发砚⑥，武弁奋髭，狱下魂断，梦中马嘶⑦，一帆渫雨⑧，半世谈资，文章革命，金玉生芝⑨。越以元帅开朝⑩，丰功盖世，立马竖眉，横刀裂眦，乃有临风抒怀，当关赋志，噫乎天地有情，江河汨泪。厥惟邓

---

① 素里，平常里巷。刘咸炘字鉴泉，清光绪间生成都纯化街儒林第祖宅。祖刘沅，字止唐，父桢文，字子维，并蜀中硕学。
② 祀，《广韵》详里切，上声。
③ 裒（póu），聚集。
④ 朱之洪字叔痴，清四川巴县人，与杨庶堪等创公强会，任重庆保路同志会长，与谋重庆辛亥起义成，预二次革命，兴军讨袁。
⑤ 张澜字表方，南充人，清季秀才，倡议那拉氏退朝，触大逆。倡创中国民主政团同盟。
⑥ 尹昌衡别号止园，四川彭县人，任四川陆军速成学堂总教习、四川军政部长，诛川滇边务大臣赵尔丰，撰《止园文集》《止园诗钞》《经述评时》《止园通书》等。
⑦ 邹容巴县人，世称"革命军中马前卒"。
⑧ 渫（xiè）雨，雨飘洒之谓。熊克武字锦帆，乐山井研人。入同盟会，预广州起义，推四川讨袁总司令。
⑨ 吴玉章为四川荣县人，少笃学，有"金玉文章"之誉。中国人民大学设立吴玉章奖，用奖人文之学。芝，常以喻子嗣后俊。
⑩ 越，及，至于。川籍开国元帅者四，朱德、刘伯承、陈毅、聂荣臻是也。

公改革，盛世开新，逢斯景运①，惠我烝民，诞宏文之所辑，伊大道之可臻。

　　故惟灵龟卜事，文鼎铭功，殷周迢渺，巴蜀幽通。乃若刻画青铜，掩埋乌土，人兽龙蛇，鸟蝉虫虎②，溯漫漫之纪元，寻茫茫之坠绪③。至于觉寮记始④，昭献敕迟⑤，柳毗阅市⑥，李白售诗⑦，施佛图以玄奘⑧，发卞刻于龙池⑨。于是千村楮墨，万户松烟⑩，一城书肆，四海玉编。乃使洛阳纸贵，梓木价重⑪，蜀中风起，天

---

① 景运，盛运。
② 巴蜀符号含图语与图形文字，铸刻于铜、漆、陶器、印章，有人、兽、鸟、蝉等形。
③ 绪，《广韵》徐吕切，上声。坠绪，仅存遗迹，指事已衰，将绝未绝然。
④ 宋朱翌《猗觉寮杂记》："雕印文字，唐以前无之，唐末益州始有墨版。"墨板即雕版，唐末始见成都。
⑤ 唐文宗谥元圣昭献孝皇帝，尝敕诸道府不得私置历日版。
⑥ 唐僖宗幸蜀，柳毗从，所著《家训》序云："中和三年癸卯夏，銮舆在蜀之三年也。余为中书舍人，旬休，阅书于重城之东南。其书多阴阳杂记、占梦相宅、九宫五纬之流。又有字书小学，率雕版，印纸浸染，不可尽晓。"
⑦ 李白《唐故翰林学士李君碣记》谓"文集亦无定卷，家家有之"。
⑧ 唐玄奘少入蜀求法，用回锋纸印普贤像施僧尼信众。
⑨ 成都近望江公园四川大学校园出土茧纸印《陀罗尼经咒》，印署"成都府成都县龙池坊卞家刻印"。据考"龙池坊"在今成都市春熙路一带。
⑩ 松烟，松烟墨，以松炙所制故称，今徽产为最。
⑪ 梓木，指刻板所取木材。

下云从。盛矣人文遂遂[1]，殷其阁路憧憧[2]。

伊扬雄之所序，既汉志之攸存[3]，维蜀才之汇萃，羌文献之发原。于是栾城有集[4]，华父斯全[5]，参知《文类》[6]，修撰学刊[7]。撷蜀国之《文英》[8]，收锦城之《诗集》[9]，穷郡县之概观[10]，结《艺文》之总什[11]。照镜花间前后[12]，弄珠江上东西[13]，故国湖山雨骤，新词昼日春

---

[1] 遂遂，盛貌。
[2] 殷，盛，大，如"殷祭"。《诗·郑风·溱洧》："士与女，殷其盈矣。"阁路，栈道。憧憧，往来不止貌。
[3] 《汉书·艺文志》载扬雄所序三十八篇，《太玄》十九，《法言》十三，《乐》四，《箴》二。
[4] 苏辙诗文收入《栾城四集》。
[5] 魏了翁字华父，宋邛州蒲江人，著《鹤山集》，后人编定《鹤山大全集》。
[6] 宋袁说友编《成都文类》。
[7] 杨慎号升庵，正德六年殿试第一，授翰林院修撰。明已刊《升庵全集》。
[8] 前蜀刘赞编《蜀国文英》。
[9] 宋章粲编《成都古今诗集》。
[10] 明曹学佺撰《蜀中广记》一百又八卷，分名胜、边防、通释、人物、方物、风俗、诗话、画苑等十二门，蜀中掌故略备。
[11] 明杨慎等撰《全蜀艺文志》。
[12] 后蜀赵崇祚编《花间集》十卷，收晚唐五代温庭筠等十八家词。温庭筠《菩萨蛮》："照花前后镜，花面交相映。"
[13] 韦庄《浣溪沙》："绿树藏莺莺正啼，柳丝斜拂白铜堤。弄珠江上草萋萋。"

迷。乃至劫灰冢在[①]，赎命生还[②]，奇书《函海》，藻玉藏山[③]，发汉明之未录，搜邦邑之所传，探遗珠于册府，补载籍于文渊[④]。

若乃《川书》未既[⑤]，《蜀藏》无期[⑥]，良以遭时动荡，越世耽迟[⑦]，乃至稀珍散逸，识达喑噫。于是国颁徽策，省定丕猷，耆贤主纂，大学豫筹。尔乃钩沉索隐，辑佚寻幽，辨章学术，考镜源流，因时创制，继往续修。拓碣碑于既覆，致椠版于残留，发简册于已坠，访图书于未雠，毕五车之学识，穷四节之勋忧，圆宿缘之一梦，卒懋业于千秋。

乱曰：

> 维巴山之暗蔼兮[⑧]，伊天府之阜蕃。曰蚕丛之业锦兮，

---

① 李调元归蜀，筑书楼，藏书十万册，号"万卷楼"。白莲教乱，焚楼，争取藏书去，余者化灰烬。

② 李调元以劾永平知府遣戍伊犁，赎归，家居著述终老。自作诗云："得归全感圣明恩，赢得生还入剑门。"

③ 藻玉，玉有彩纹之谓，辞藻如玉，故以喻书。

④ 李调元等编《函海》千余卷，累收书二百二十余种，号"天下奇书"，专刻蜀中耆旧著述，皆自汉而明诸人著述未见之书，有补文渊阁《四库》遗珠之憾。

⑤ 二十世纪初，胡淦拟编《四川丛书》，仅草成"拟收书目"一卷终。

⑥ 二十世纪初，谢无量议编《蜀藏》未果。

⑦ 越世，越过一世。耽迟，耽搁迟延。

⑧ 暗蔼（àn ǎi），草木茂盛貌。

故蜀国之多文。焉鱼凫之已去兮，惟锲画之所存。何巫猿之啼暮兮，羌杜宇之怨春。谌诗心之有遇兮，乃赋藻之可陈。氤郁兮人心之毓粹①，辽遥兮史笔之饶编。岧嵽兮重山之翳静②，宁盈兮宿学之富闲③。水涵韵兮乐智，山有德兮藏仁。竹润泉兮书简，梓受墨兮呈麟。诞吉金兮再现，猗绝版兮重妍。于惠和兮巴国，聿璀采兮蜀天。发贞祥兮简简④，流福泽兮涓涓。嗣文明兮衍衍⑤，昭功德兮绵绵！

---

① 氤郁，茂盛貌，谓山川灵秀。毓粹，犹毓精，谓人得于天地山川灵秀所钟。
② 岧嵽（tiáo dì），高远貌。
③ 宁盈，安定富裕。
④ 简简，广大、盛大貌。
⑤ 衍衍，盛貌、多貌。

卷三　赋

深圳梧桐山赋

粤惟古邃，有鸟呈祥。其鸣节足①，是谓凤凰。帝鸿载记②，殷甲归藏③。岐山鸣萃④，姬水嗣芳⑤。饮砥柱，

---

① 《太平御览》卷九一五引《韩诗外传》谓凤鸣"雄曰节节，雌曰足足"。
② 晋皇甫谧《帝王世纪》谓"黄帝亦号帝鸿氏"。《白虎通·五行》："其帝，炎帝者，太阳也。其神祝融，祝融者，属续。其精朱鸟，离为鸾。"鸾为凤属。
③ 殷甲，殷商龟甲。归藏，归而藏之。殷墟甲骨卜辞："甲寅卜，呼鸣网雉，获凤。丙辰，获五。"
④ 萃，聚集。《竹书纪年》卷四："文王梦日月著其身，又鹜鹭鸣于岐山。孟春六旬，五纬聚房。后有凤凰衔书，游文王之都。"鹜鹭，凤凰。
⑤ 嗣芳，谓凤鸣岐山，周兴代延，亦谓凤鸣遗香。周为姬姓，黄帝之后。《国语·晋语》："昔少典取于有蟜氏，生黄帝、炎帝。黄帝以姬水成，炎帝以姜水成，成而异德，故黄帝为姬，炎帝为姜。"

过昆冈，徙丹穴①，之赤方②。变篆形以鹏运③，复鳞翮以鲲藏④。其来君子之国⑤，爰止重黎之乡⑥。膺首德仁之采⑦，翼胪信顺之章⑧。慧性兮腹墨，土行兮爪黄⑨。

---

① 《说文·鸟部》："凤，神鸟也……出于东方君子之国，翱翔四海之外，过昆仑，饮砥柱，濯羽弱水，暮宿风穴，见则天下大安宁。"风穴，当为凤穴，又谓丹穴。《山海经·南山经》谓丹穴山"有鸟焉，其状如鸡，五采而文，名曰凤皇"。《淮南子·氾论训》"丹穴"高诱注："丹穴，南方当日下之也。"
② 赤方，南方。《宋书·符瑞志上》："有景云之瑞，有赤方气与青方气相连。"
③ 《说文·鸟部》："𠃞，古文'凤'，象形。凤飞，群鸟从以万数，故以为朋党字。𪁉亦古文'凤'"。鹏运，鹏飞。《说文》无"朋""鹏"，有"倗""棚""弸""輣"四字，声旁"朋"皆作"𠃞"。𪁉段玉裁注云："既象其形矣，又加鸟旁，盖'朋'者最初古文，'鹏'者踵为之者也。"又引《庄子·逍遥游》"化而为鸟，其名为鹏"，崔注以"鹏"即古"凤"字。郭庆藩《庄子集释》引司马云："鹏者，凤也。"
④ 翮（hé），指凤翼。鳞翮，谓凤翼之采如鳞，又指鲲鹏。句谓鲲变为鹏，复化为鲲，藏于南海。《庄子·逍遥游》："北冥有鱼，其名为鲲。鲲之大，不知其几千里也，化而为鸟，其名为鹏；鹏之背，不知其几千里也，怒而飞，其翼若垂天之云。是鸟也，海运则将徙于南冥。"
⑤ 君子之国，见注①。
⑥ 重黎之乡，指南方。重黎即祝融，为南方火神。《史记·楚世家》："重黎为帝喾高辛居火正，甚有功，能光融天下，帝喾命曰祝融。"《汉书·扬雄传上》："丽钩芒与骖蓐收兮，服玄冥及祝融。"颜师古注："祝融，南方神。"
⑦ 膺，胸。《山海经·南山经》说凤云："首文曰德，翼文曰义，背文曰礼，膺文曰仁，腹文曰信。"
⑧ 胪，指腹。王先谦《释名·补遗》："腹前肥者曰胪。"
⑨ 《太平御览》卷九一五引《抱朴子》："夫木行为仁，为青。凤头上青，故曰戴仁也。金行为义，为白。凤缨白，故曰缨义也。火行为礼，为赤。凤（背）赤，故曰负礼也。水行为智，为黑。凤胸黑，故曰尚智也。土行为信，为黄。凤足下黄，故曰蹈信也。"

风从兮舆驾①,箫引兮宫商②。非竹实而不进③,惟桐荫以止翔④。

伊辽遥而缅远兮,羌慌惚而渺漫⑤。濯瑞翎于云汉兮,降灵翼于桐山。息浮埃于桑土兮⑥,广霁野于鹏湾⑦。于是众禽爰集,百兽乃安。啁啾碎玉⑧,熙笑

---

① 凤为凤鸟。《吕氏春秋·古乐篇》:"惟天之合,正风乃行,其音若熙熙凄凄锵锵。帝颛顼好其音,乃令飞龙作效八风之音,命之曰《承云》,以祭上帝。"又云:"听凤皇之鸣,以别十二律。""正风乃行其音"者,是惟"凤皇之鸣"。舆驾,帝后车驾。又天子车以銮为驾,谓銮驾。鸾,凤属。
② 箫引,乐以箫为引。宫商,谓乐。《书·益稷》:"夔曰:'戛击鸣球,搏拊琴瑟以咏。'祖考来格,虞宾在位,群后德让。下管鼗鼓,合止柷敔,笙镛以间,鸟兽跄跄,《箫韶》九成,凤皇来仪。夔曰:'於!予击石拊石,百兽率舞。'"孔安国传:"韶,舜乐名。言箫,见细器之备……备乐九奏,而致凤皇,则余鸟兽不待九而率舞。"
③ 竹实,竹米。进,进食。
④ 止翔,停止。《太平御览》卷九一五引孔颖达疏《诗·大雅·卷阿》说凤:"非梧桐不栖,非竹实不食。"
⑤ 渺漫,广远,幽长。
⑥ 谓凤、鹏止息于此。《庄子·逍遥游》:"野马也,尘埃也,生物之以息相吹也。"
⑦ 霁野,晴野。鹏湾,大鹏湾,说为鹏徙南海,击水所成,位于大鹏半岛与香港九龙半岛之间。
⑧ 啁啾(zhōu jiū),凤鸣声。

香兰①。厥有天池贮露②,泰涧奔湍③,瀑飞马水④,沫吐龙潭⑤,匏泉澄澈⑥,赤水潺湲⑦。恍若钟期会意,何堪隔牖听弹⑧。惟有半山月暗,同销万古花残⑨。

有吉斯仪⑩,猗民其侣。燧火初光,拊琨率舞⑪。越风喧和,秦客徙处⑫。汉遣凤章⑬,晋留莲府⑭。香缭

---

① 熙笑,怡然而笑。唐李贺《李凭箜篌引》:"昆山玉碎凤凰叫,芙蓉泣露香兰笑。"
② 天池,梧桐山顶有天池。
③ 梧桐山有泰山涧。南人读"大"为"泰",故"泰山涧"实为"大山涧"。
④ 梧桐山有"马水凤","凤""瓮"谐音,有小瀑布。
⑤ 梧桐山有龙潭,传龙沫所成。
⑥ 匏(páo),葫芦之一种,梧桐山有葫芦池,大小二池相接若葫芦然。
⑦ 梧桐山有赤水洞,传有赤泉流出。
⑧ 牖(yǒu),窗户。司马相如奏《凤求凰》,卓文君隔牖听之。
⑨ 梧桐山有亿年前本内苏铁花化石。
⑩ 凤来吉祥。仪,仪容。《书·益稷》:"箫韶九成,凤皇来仪。"
⑪ 拊(fǔ),拍。《说文·玉部》:"琨,石之美者。"《书·益稷》:"夔曰:'於!予击石拊石,百兽率舞。'"
⑫ 秦置南海、桂林、象三郡,谪徙秦人五十万。广东属南海郡。
⑬ 汉在南越地置九郡,遣朝廷官吏,授官印。汉印用缪篆、鸟虫书。缪篆为新莽六书之一,近鸟虫书,虽非汉代通用,聊用铺陈乃尔。
⑭ 东晋置东官郡,领六县,其中宝安县略当今深圳、东莞、香港地。南朝齐王俭高帝时为卫将军,领朝政,用才名之士为幕僚。安陆候萧缅与俭书曰:"盛府元僚,实难其选。庾景行泛渌水,依芙蓉,何其丽也。"后世遂用"莲府"美称。

赵殿[①]，犹现鸾影桐芬；卤发宋衢[②]，均调银瓯瓦䥱[③]。萧弄清闻碧落[④]，霞飞红拂玄宇[⑤]。迟回古道斜阳，寥落炊烟离黍。万里客家乡泪[⑥]，几度鹏城宵鼓[⑦]。一纸铁刃分疆[⑧]，半壁烽狼强虏[⑨]。四时喑哑鹓雏[⑩]，百载飘摇风雨。

---

① 赵殿，宋宫殿。

② 卤，盐。

③ 瓯，小盆。䥱（fǔ），同釜。银瓯瓦䥱，谓贫富殊别。今深圳地宋属广州香山县，盛产盐及香料。梧桐山半有古盐田径。

④ 萧弄箫，亦指萧史、弄玉。弄，吹奏。萧史吹箫，清声闻之于天。汉刘向《列仙传》卷上："（萧史）善吹箫，能致孔雀、白鹤于庭。（秦）穆公有女字弄玉，好之。公遂以女妻焉。日教弄玉作凤鸣，居数年，吹似凤声，凤凰来止其屋。公为作凤台，夫妇止其上，不下数年，一旦皆随凤凰飞去。"碧落，道教谓天空。

⑤ 玄宇，屋宇深邃之谓。红拂为隋末风尘三侠之一，用为字面美称。此二句言道观，即梧桐山"仙洞"，清光绪间田邵邨所建，有三十六景。然东晋葛洪罗浮山修道，去深圳地近，盖仙风所及，故有钟灵。

⑥ 深圳有三百余年客家移民史。

⑦ 明洪武间在今深圳地置大鹏守御千户所，深圳因称鹏城，今存大鹏所城。

⑧ 清、英签《南京条约》《北京条约》及《展拓香港界址专条》，割港岛、九龙、新界，旧属新安县香港之地始划境分治。

⑨ 1900年10月，孙中山于深圳大鹏湾西岸三洲田发庚子首义。1938年夏辟梧桐山抗日根据地，历数年，曾生等为领导人。

⑩ 鹓雏（yuān chú），凤类。《庄子·秋水》："鹓雏发于南海，而飞于北海，非梧桐不止，非练实不食，非醴泉不饮。"

尔乃河柳销冰①,巽风解箨②,东陌爰扫,南巡有约,春雷隐隐③,桐花灼灼。鹏展鼎新鸿图,凤翔影度帷幕④。摩天栉比楼林,拔地云连城郭。长桥飞跨鳅溟⑤,虚槛遥凭梧崿。车欻如⑥,路辏若⑦,影眬曈⑧,灯烁爚⑨,鸑鷟翩翻⑩,翛翬拂掠⑪。九天幽夐浥清尘⑫,一梦缤纷散芳藿⑬。山寺晨钟发悠扬⑭,海天浩旷舒寥廓。

---

① 河柳,北方之柳。

② 巽风,谓东南风。巽卦为风,属东南。箨(tuò),初篁外壳,竹成自脱,谓解箨。

③ 隐隐,雷声。"隐"同"殷",亦读平声。《诗经·召南·殷其雷》:"殷其雷,在南山之阳。"

④ 谓以城市鸿图为背景,如帷幕然,凤翔其前,影度其上。

⑤ 鳅(qiū),海鳅。鳅溟,大海。句指深圳跨海大桥。唐黄滔《莆山灵岩寺碑铭》:"晶迷蟾窟,茫眺鳍溟。"

⑥ 欻(xū)如,极速而过。

⑦ 辏(còu)若,谓道路若车轮辐集毂上。

⑧ 眬曈(lóng tóng),模糊不明貌。

⑨ 烁爚(shuò yuè),光彩闪烁貌。

⑩ 鸑鷟(yuè zhuó),凤凰。《国语·周语上》:"周之兴也,鸑鷟鸣于岐山。"韦昭注引三君云:"'鸑鷟',凤之别名也。"翩翻,上下飞动貌。

⑪ 翛翬(xiāo huī),飞腾迅疾貌。

⑫ 幽夐(xiòng),幽深,深邃。

⑬ 藿,香草。用南朝宋鲍照《拟行路难》"中有一人字金兰,被服纤罗蕴芳藿"语意。

⑭ 民国时梧桐山有寺庙僧众,1990年于仙洞遗基建弘法寺。

夫桐为铜也，其色为金；凤之德也，其象斯文[1]；鹏之志也，其遂在云[2]。是以人文渊悫[3]，科技导尊[4]，信诚为本，缔结为因，乃至财赀领甲[5]，知识开新。改革前沿式望[6]，进麾大纛中军[7]。开放寰瀛窗口，屏藩洪武龙闉[8]。骈臻五洲才俊[9]，辐聚四海航津。挥袂送迎行旅，连帷往复游人[10]。

登桐山以骋望兮[11]，遵梧径以遐情[12]。日栖凤以招凤兮，接长亭于短亭[13]。神女来兮留灵，天池浴兮脂

---

[1] 凤有青、白、赤、黑、黄五文，象仁、义、礼、智、信五德，故深圳以凤象为文化本根。

[2] 遂，达，达成。

[3] 渊悫（què），深厚笃实。

[4] 导尊，犹领尊、领先。

[5] 财赀（zī），财资。

[6] 式望，仰望、仰赖。

[7] 进麾，犹进军。麾（dào），军中或典礼仪仗大旗。古行军作战分左、中、右或上、中、下三军，主将在中军，发号施令。

[8] 屏藩，屏风与藩篱，谓捍卫。明洪武二十七年，在今深圳境置大鹏守御千户所。龙闉（yīn），瓮城门有龙头状铺首之谓。

[9] 骈（píng）臻，聚集。

[10] 连帷，连成帷幕，谓人众之多。汉刘向《说苑·奉使》："齐之临淄三百闾，张袂成帷，挥汗成雨。"

[11] 骋望，放眼远望。

[12] 遐（xiá）情，放情远怀。梧桐山有仙桐路、栖凤路、凤鸣径等路。

[13] 梧桐山有凤谷鸣琴、碧梧栖凤、梧桐烟云等景区，并凤凰台、凤凰阁、栖凤廊、栖凤亭、招凤亭、双凤亭等。

凝①。捐蝶衣兮蕙帐②,遗仙韵兮兰英。来啼魂兮杜宇③,忘归路兮萦情。映桐华兮灿烂,敷玉瑞兮芳馨。邈凤鸣兮三代,引箫籁兮九成④。齐钟鼓而进颂⑤,节敔柷以和笙⑥。冀四时之调顺,感万类而欣腾。故乃萋萋桐茂,雍喞凤嘤⑦,羌雅奏,聿和声,灵山翠,颢天晴,抟扶摇而培风兮万里鹏程⑧!

---

① 用《九歌·湘夫人》:"九嶷缤兮并迎,灵之来兮如云。"白居易《长恨歌》:"春寒赐浴华清池,温泉水滑洗凝脂。"并用其语意。
② 捐,弃,脱。蝶衣,轻薄彩衣。用《九歌·湘君》"捐余玦兮江中,遗余佩兮醴浦"语意。蕙帐,以蕙为帐,犹《九歌·湘夫人》"罔薜荔兮为帷"云。南朝齐孔稚珪《北山移文》:"蕙帐空兮夜鹤怨,山人去兮晓猿惊。"
③ 杜宇始称帝于蜀,号曰望帝,晚岁洪患,乃使其相鳖灵治水,帝感其功,逊位,退山中,化杜鹃春鸣,蜀人闻之,曰"我望帝魂也"。或谓杜鹃啼血化花,仍名。梧桐山多杜鹃花,每至春日,漫山遍野,极其艳丽,市人看花,络绎不绝。
④ 箫籁,箫声。《书·益稷》:"《箫韶》九成,凤皇来仪。"
⑤ 进颂,献颂。
⑥ 敔(yǔ),形如伏虎,奏乐将终,击敔止奏。柷(zhù),方形,以木击奏,用示乐始。《书·益稷》:"下管鼗鼓,合止柷敔,笙镛以间。"
⑦ 雍喞,拟凤鸣,犹"雍雍喈喈"。《诗·大雅·卷阿》:"凤凰鸣矣,于彼高冈。梧桐生矣,于彼朝阳。萋萋萋萋,雍雍喈喈。"王维《青雀歌》:"犹胜黄雀争上下,喞喞空仓复若何?"嘤,鸟鸣。
⑧《庄子·逍遥游》:"《谐》之言曰:'鹏之徙于南冥也,水击三千里,抟扶摇而上者九万里,去以六月息者也。'……而后乃今培风,背负青天,而莫之夭阏者,而后乃今将图南。"

歌曰：

契阔人无恙[1]，展转赋辞章。华胥一枕春上[2]，摛锦映曦光[3]。韶舞箫声凤迹，苍狗白云鹏翼[4]，荏苒到沧桑。南国桐山绿，犹有凤枝香。　遵古路，思往事，看新阳。南风衍衍[5]，海天空阔识归航。闻道仙罗曾浴[6]，谁奏萧郎遗曲[7]？林霭杳茫茫[8]。万树琪花发，一夜满城芳。

论老赋

夫人何为而遽老也？长使英雄堕涕，烈士悲歌[9]，美人迟暮，词客沉哦，盖人无不老，老莫无悲，此其谁之可逆？而乌有之或辞也。若老子之能婴儿[10]，孟子

---

[1] 契阔，久别。
[2] 《列子·黄帝》言黄帝昼寝，梦游华胥氏之国，其民率性自然，为至治之境。
[3] 摛（chī）锦，铺陈辞章，犹锦绣。
[4] 杜甫《可叹》："天上浮云如白衣，斯须改变如苍狗。"
[5] 衍衍，徐徐，舒缓貌。
[6] 仙罗，仙女罗衣轻薄之谓。
[7] 谓萧史吹箫。词调有《凤凰台上忆吹箫》。
[8] 林霭，林中云气。杳，幽深不明。
[9] 《韩非子·诡使》："好名义不仕进者，世谓之'烈士'。"
[10] 《道德经》第十章："专气致柔，能婴儿乎？"

之爱赤子①,杜陵之叹老衰②,右军之达生死③,咸以垂垂之时④,斯其戚戚于己,不亦悲夫!然赤子之啼笑,犹童心之保有,故或心比龆年⑤,形成白叟⑥,则少且何知,老而无咎。邵康节谓心为身主,王阳明谓心外无物,盖境由心生,此心不失,特以保真守心、去虚存实也已。然则人之为少,非以朱颜黑发,粉颊红唇,芳华嘉树,碧柳上春⑦,而乃老犹心在,弥久志存,浑不知乎老少之所分。且夫两间活泼,一心感知,江山有待,花鸟无私⑧,淑气催而黄莺早⑨,春花发而夕阳迟⑩,几忘老之将至,无忧且乐其时。是以黄昏佳色,桑榆好景,心与鹤天⑪,身随雁影,鼓琴述志,诵赋

---

① 《孟子·离娄下》:"大人者,不失其赤子之心者也。"
② 杜甫《和裴迪登蜀州东亭送客逢早梅见寄》:"江边一树垂垂发,朝夕催人自白头。"
③ 王羲之《兰亭集序》:"况修短随化,终期于尽。古人云:'死生亦大矣。'岂不痛哉!"
④ 垂垂,渐渐,犹垂垂老矣。
⑤ 龆(tiáo)年,儿童换牙之龄,指幼年。
⑥ 韩愈《元和圣德诗》:"卿士庶人,黄童白叟。"
⑦ 《周礼·春官·天府》:"上春,衅宝镇及宝器。"郑玄注:"上春,孟春也。"
⑧ 杜甫《后游》:"江山如有待,花鸟更无私。"
⑨ 杜审言《和晋陵陆丞早春游望》:"淑气催黄鸟,晴光转绿蘋。"
⑩ 严维《酬刘员外见寄》:"柳塘春水漫,花坞夕阳迟。"
⑪ 刘禹锡《秋词》:"晴空一鹤排云上,便引诗情到碧霄。"

留永。歌曰：

  天地无穷兮，人情不老。惟心之存兮，年光犹早。且莫踟蹰兮，黄昏最好。但有嘉怀兮，白发华藻。心之乐兮以为宝，自笑此翁浑不倒。人间自是重晚晴，天意从来怜幽草[①]。莫辞斜阳酒一杯[②]，古今谁能长寿考[③]。

女史闻此辞，系而作诗曰：

  贱负韶华孰几何？朝如霞锦暮如歌。

  红颜镜里春光老，白发词中粉泪多。

  苏子乘槎翻渡海[④]，刘郎病树且糜柯[⑤]。

  劝君莫诵闲愁赋，且乐新声共咏哦。

[①] 李商隐《晚晴》："天意怜幽草，人间重晚晴。"

[②] 晏殊《浣溪沙》："一曲新词酒一杯，去年天气旧亭台。夕阳西下几时回？"

[③] 《古诗十九首·回车驾言迈》："人生非金石，岂能长寿考。"

[④] 苏轼贬海南儋州。

[⑤] 刘禹锡《酬乐天扬州初逢席上见赠》："怀旧空吟闻笛赋，到乡翻似烂柯人。"

卷四　诗

五　绝

题江右早春图

春雨润毫端，　濡如绿意寒。
田家闲耒耜，　消得昼烟残。

题早春二月图

二月闲无事，　春霖涨碧湍。
湿烟消焙火，　不敌倒春寒。

题山田居图

相邻宜借火， 二里托平生。

夕与枫林醉， 梦中流水声。

题东源图

涓浍发东源①， 悠悠自有村。

思亲曾一饭， 不忍问柴门。

题葫芦窝图

念念在山家， 行行渴问茶。

吴家饶翠竹， 未许驾轻车。

题春山图

孰与叹春时， 欣欣物自私。

庄生真达悟， 太古是无知。

题丛下图

积阴春雨润， 丛下发新篁。

落落山堂晚， 青灯独对床。

---

① 涓浍（huì），小水流。

题小园图

春阴生昼寂， 宿雨驻余寒。

芳草经年发， 西园日日看。

题春濑图

前溪生碧草， 蔼蔼岁如新[①]。

流水知何处， 相思到远春。

题写意作

秃笔散槎枒， 醉眼幻昏花。

花带酲酦意[②]， 人醉插花斜。

题春山暮归图

雉急鸣荒野， 林深暗晚春。

炊烟篱角起， 带月暮归人。

---

① 蔼蔼，草木盛貌。
② 酲酦（chéng nóng），醉酒。枚乘《七发》："酲酦病酒之徒。"

七　绝

牧牛少作

一任牛儿饱自游，　闻铃终日不须忧。
尽欢且共寻山果，　直到残阳影过头。

江村春晚

柳外稀疏插竹篱，　桃花春水夕阳迟[①]。
几家袅袅炊烟上，　黄酒鲈鱼晚脍时。

村　夏

茅舍数间映碧流，　槐荫蔼蔼护清幽。
日高向午闲无事，　浸岸沙洲卧水牛。

---

① 严维《酬刘员外见寄》："柳塘春水漫，花坞夕阳迟。"

街市夏午存念

骄阳向午漏桐阴，　碧影参差满地金。
无价惟因非市物，　丈方幽静会琴心。

雪　诗

赏雪从来合有诗，　可堪世俗事如丝。
轻清半日浑无迹，　是我亏他艳遇时。

春　雪

寒入春分只半强，　流风回雪度西墙[①]。
便从绣阁淹留夜，　染作梨花满院香。

---

① 曹植《洛神赋》："仿佛兮若轻云之蔽月，飘飖兮若流风之回雪。"

夜　雪

玄冥遥遇海云蒸^①，　浥郁南宫酿未成^②。
谢家一枕诗思动^③，　漫天夜雪落无声。

淫　雨

淫雨霏霏愁煞人，　孤城暗霭乱晨昏^④。
可堪一觉黔山梦，　不与绮罗娇上春^⑤。

流　水

门前活活清溪水，　夜夜殷勤入梦程。
悟到不停流水去，　今时非似旧时声。

---

① 玄冥，指北方。
② 浥（yì）郁，潮湿。《齐民要术·收种》："凡五谷种子，浥郁则不生。"南宫，青女主霜雪，居南宫。
③ 谢惠连作《雪赋》。
④ 暗霭，阴暗貌。
⑤ 江淹《别赋》："珠与玉兮艳暮秋，罗与绮兮娇上春。"

丛　下

丛下欣欣草木生，　花开几树趁新晴。
物情不解春光贱，　鸟雀嘤嘤自在鸣。

苦　竹

茅屋偏宜苦竹蕃，　潇潇风雨护黄昏。
龙吟惯得清如许，　夜夜寒香湿梦痕。

白　莲

临风微步小池塘，　新浴佳人著晚装。
最是素颜人不见，　半羞月色水中凉。

晓　月

一自蟾宫止素娥，　度云飞镜总重磨[①]。
莫当晓月梳双鬓，　万古春深白发多。

---

① 辛弃疾《太常引》："一轮秋影转金波。飞镜又重磨。把酒问姮娥，被白发、欺人奈何？"

春江泛夜

春江夜泛过千家， 桃浦分蹊碧砌斜。

何处楼中吹玉笛， 一江明月满城花[①]。

山田水月

秋田漠漠水盈盈[②]， 山夜幽幽月照平。

寂寂清清松牖梦[③]， 莹莹如月冷如冰。

牡丹亭

姹紫嫣红太守家， 临川曾梦牡丹花。

玉茗堂主如重世， 不使丽娘春采茶[④]。

---

① 李白《与史郎中钦听黄鹤楼上吹笛》："黄鹤楼中吹玉笛，江城五月落梅花。"
② 王维《积雨辋川庄作》："漠漠水田飞白鹭，阴阴夏木啭黄鹂。"
③ 牖（yǒu），窗。
④ 《牡丹亭》初或弋阳腔，后以昆曲，江西移作采茶戏，是降雅为俗矣。

闲　题

宝函素牍玉笺张，　丽藻翩翩马赋长。
解道赋心苞宇宙，　孰将萧散抵仓忙①。

作　字

写坏云笺纸一张，　尚余尺寸作三行。
最怜楮素蒙污墨②，　堪把书坛比市坊。

夏日作字

八方炎毒不吾藏，　懒漫为书作晋唐。
丈素昆仑曾沃雪，　翛翛一室有余凉③。

---

① 《西京杂记》卷二："司马相如为《上林》《子虚》赋，意思萧散，不复与外事相关……相如曰：'……赋家之心，苞括宇宙，总览人物。'"
② 楮（chǔ）素，纸与白绢。胡应麟《少室山房笔丛·九流绪论中》："读王氏《论衡》，其烦猥琐屑之状，溢乎楮素之间。"
③ 翛翛（xiāo xiāo），清凉貌。

董　子

目不窥园意有通，　书中境界自无穷。

天人感应浑无碍，　下帏元不隔春风^①。

扬　子

天禄雠书谅有情^②，　雕虫本自悦长卿^③。

炎炎谁解玄知默^④，　徒说南山桂子馨^⑤。

赠何流

此身合是诗人未^⑥，　博士空填满腹书。

风月长安人未老，　挥毫百斗泻明珠^⑦。

---

① 董仲舒倡天人感应之说。《汉书·董仲舒传》："少治《春秋》，孝景时为博士。下帏讲诵，弟子传以久次相授业，或莫见其面。盖三年不窥园，其精如此。"
② 扬雄校书天禄阁。
③ 扬雄少慕司马相如，好作辞赋，晚悔之，谓童子雕虫篆刻，壮夫不为。
④ 扬雄《解嘲》："且吾闻之，炎炎者灭，隆隆者绝……攫挐者亡，默默者存……是故知玄知默，守道之极。"
⑤ 卢照邻《长安古意》："寂寂寥寥扬子居，年年岁岁一床书。独有南山桂花发，飞来飞去袭人裾。"
⑥ 陆游《剑门道中遇微雨》："此身合是诗人未？细雨骑驴入剑门。"
⑦ 黄庭坚《双井茶送子瞻》："想见东坡旧居士，挥毫百斛泻明珠。"

题上关图

记得门前树两株， 山深无客问村庐。
老来重作丹青手， 为有乡思入画图。

题江右春山图

老将青绿染春山， 江右有家去未还。
写入乡思挥复在， 梦中浣笔水潺潺。

题春山田居图

绿云长护一家春， 如镜层田远绝尘。
多少匠心施不到， 碧溪浣得笔端新。

题村行图

忆昔垂髫快活时， 行行村路父兄持。
生知白发天涯梦， 笔底离离总是诗。

题张家山图

山居漫与白云闲， 夕火晨炊不记年。
天外无知多少事， 生平尽付自家田。

题秋山图

秋到山家浅素湍， 层田空对昼窗寒。
乱茅远接天边路， 一片孤心引碧峦。

题桐阴小筑图

安得半畦便可留， 十年树木即清幽。
何须岳麓巾车驾， 一统小楼占尽秋。

题村溪行图

行行何处不春容， 别有幽花一树红。
想是当时曾对笑， 老来无故怨东风。

题棕风田舍图（二首）

筑舍田园总不荒，　棕风漫与度时光。
儿孙世有农家乐，　生事熙怡日影长①。

疏篱斜插护吾庐，　但有棕风便可居。
饶我初春多闲日，　萧然一室读诗书。

题棕竹藤花图

老剥蓑衣数十年，　闲居好是钓竿悬。
春来莫笑瘢胝干②，　藤花数朵已攀先。

题棕蕉藤花图

颇喜芭蕉发叶新，　棕风摇引碎黄昏。
藤缠几朵花闲发，　也占疏篱一角春。

---

① 熙怡，和乐。蔡邕《太尉乔玄碑阴》："凡见公容貌，闻公声音，莫不熙怡悦怿。"
② 瘢胝（bān zhī），疤痕与胼。苏轼《石鼓歌》："古器纵横犹识鼎，众星错落仅名斗。模糊半已隐瘢胝，诘曲犹能辨跟肘。"

题蕉竹图

莫说龙根劲节坚[①],　罗衣偏称拭湘斑[②]。

解知泽畔行吟意[③],　便拟招魂作凤鸾[④]。

题春山樵采图

梦到家山几度春,　不知何世户编民。

一从樵采人归后,　流水芳华万古新。

题江右春山图

泣鬼惊风抱石皴[⑤],　江山侑酒合奇人[⑥]。

挥毫如举东君剑,　花雨蒸波出望云。

---

① 竹根俗谓鞭,生土中,婉曲而长,故拟龙形。
② 湘竹有斑,拟湘女泪痕。
③ 谓屈子行吟。
④ 《楚辞·招魂》。
⑤ 杜甫《寄李十二白二十韵》:"笔落惊风雨,诗成泣鬼神。"傅抱石,江西新余人,作山水破笔为皴,号"抱石皴",肆意狂放,细处并人物极谨。
⑥ 侑(yòu)酒,劝酒助兴。

题秋山晚归图

簌簌霜林动晚风， 人情老去惜丹红。

倩谁和韵箫窗共， 便是知音画里逢。

题茅茅岭图

一岭延延至县垣， 枫林染醉暗销魂。

少年生事艰难日， 眷眷归来母候门。

题田园秋居图

写到荒凉景物穷， 乱施焦墨引秋风。

世人竞羡吴门画[①]， 天意无由郢匠工[②]。

题秋山田居图

秋到山中景物殊， 写生从不入平芜。

只因生事辛劳甚， 何意风光入画图。

---

① 明沈周、文徵明、唐寅、仇英、张宏等号吴门画派，笔墨细润。
② 郢匠，楚郢中巧匠，出《庄子·徐无鬼》。

题双峰街市图

小城七月燠骄阳[①]， 禺日炎炎瘦影长[②]。
老看石榴红不艳， 卅年一梦抹青黄。

题秋色图

秋色画成只自看， 平生愁怨托青丹。
此中生事无须问， 笔底凭销烛影残。

题花卉图（二首）

片纸随时亦可施， 枝梢乱点叶披离。
他年老去昏花看， 浪作平生一段诗。

摘毫不著牡丹红， 故点幽芳向晚风。
阅尽三朝粗丑后[③]， 始知徐渭漫狂工。

---

① 燠（yù），热。
② 禺（yú）日，上午之日。《吴越春秋·勾践归外国传》"时加禺中"徐天祜注："禺中，时加巳也。"上午九至十一时为巳。
③ 晚近书尚金石，画亦然，尽变宋、元、明，迄今愈甚，率粗丑。

题春溪图

春发溪头浣砚还， 新研浓墨湿春山。

春衫才染烟云润， 愧我平添两鬓斑。

题水墨山水

酒到半酣意倍奇， 挥毫乱点墨漓漓。

画成四顾凭谁问， 地老天荒子夜时。

题葫芦窝图

结庐远在曲山阿， 岁岁春来暮雨多。

一梦元知人未老， 想是青丝付绿萝。

题君山图（四首）

吾家田亩在君山，　曾记收禾薄暮还。
多少诗书浑叙事，　切身无一触愁颜。

朱红真合点丹枫，　曾记耕樵在画中。
莫道诗情兴节物，　平常生事总愁容。

莫厌层深笔墨繁，　倪家枯寂剩残山①。
心师造化生生意，　落纸无方自衍蕃。

莫嫌满纸气烦浮，　青碧朱红艳暮秋。
何似瑶窗桐叶下，　绚阳炙地汗横流。

题塔坑水口图

叔伯三姑石井分，　流水樵途万古春。
春花又发山头树，　树下新添几处坟。

---

① 元倪瓒为山水，疏简枯寂，绝异王蒙浑厚滋润。

题春溪钓月图

老来容易梦家山， 梦里溪头钓月还。

携去黔中为贮瓮， 一春销得翠烟寒。

题梨花庭院图

长忆家山客梦中， 梨花院落月溶溶①。

得无暗约吹湘管②， 一夜春风雪鬓空。

题画（九首）

家住青山绿水间， 惯将青绿染春山。

但需匀净漉春水， 留渍溪藤废不看③。

安得大痴几树工④， 重重积墨化浑融。

只因没骨肖形貌⑤， 点线当求笔画同⑥。

---

① 晏殊："梨花院落溶溶月，柳絮池塘淡淡风。"

② 湘管，湘竹为箫之谓。

③ 溪藤，指剡溪藤纸。

④ 元黄公望号大痴，善写富春山水，披麻温润，树木点染为简。

⑤ 没骨画法，如一笔状树，尤其花叶，不作线勾，多写意，乃至不肖物貌，粗丑欺世。

⑥ 宋、元、明画重勾勒，笔法分明，如真、行笔画，盖谓书画同源。

传法明清共大痴，　披麻皴上缀几枝。
若需对卷勘山水，　便是江南伐木时①。

画坛虚著近时声，　眼底江山合叔明②。
不有溪藤引风壑，　心中早是满榛荆。

春暮阶前草卉长，　兴来写罢笔生香。
银屏一枕生寒怯③，　夜雨潇潇照烛黄。

平生何故作文章，　本是江西田舍郎。
一段浑元山野气，　化成笔墨肆癫狂。

看客休惊乱服皴④，　也从绢绣作双勾⑤。
老来偏喜青丝乱，　篱落春深不觉羞。

老拈笔翰写花红，　漫有年光庶可工。
不向斗方夸名士，　只因半百负春风。

---

① 江南山多土，肥腴繁竹树，而图貌者率作山石勾勒，寡竹树如荒，盖画法尚装饰，非写生也。
② 元王蒙字叔明，作山水，层层皴染点积，山川浑厚，草木华滋。
③ 辛弃疾《念奴娇·书东流村壁》："划地东风欺客梦，一枕云屏寒怯。"
④ 山水有乱柴皴，如乱服。
⑤ 古画多绢本。双勾，谓以线勾物廓。

丹青不独染阳春，　早是平居画里人。
胜境何须骑白鹿①，　蓬窗枕上合销魂。

示暑假作

长夏漫漫酷暑天，　懒翻旧帙忆华年。
枯梧一叶重拈取，　曾是朱栏碧影前。

示江南村景

桃李分蹊田舍低，　白墙黑瓦映苹池。
一春冉冉闲无事，　卧看槐花日影移。

示中夜述怀

小窗中夜月生迟，　皎似孙康映雪时②。
自古浑融同一照，　几人无寐共诗思？

---

① 李白《梦游天姥吟留别》："且放白鹿青崖间，须行即骑访名山。"
② 晋孙康家贫，常映雪读书。

示校园杂感

道旁丛灌整修齐[①]，　月月园丁斩藿藜[②]。

悟到人心通物趣，　何如蓬茆满濂溪[③]。

示咏月作

蟾月清辉万古春，　惯生帘影动诗文。

但援逐月诗家字，　落笔依然有月痕。

示改韦庄《长安清明》为绝句作[④]

已是清明霁雨天，　可怜芳草又芊芊。

一从榆火初传后[⑤]，　十里春风御柳烟。

---

① 丛灌，丛生灌木。《初学记》卷三〇引晋成公绥《乌赋》："起彼高林，集此丛灌。"
② 藿藜，藿香、蒺藜，泛指野草。《韩非子·外储说左下》："堂下生藿藜，门外长荆棘。"
③ 蓬茆（mǎo），泛指杂草。濂溪，周敦颐居庐山濂溪，因以自号，不除窗前杂草，以为生生之意在焉。
④ 韦庄《长安清明》："早是伤春梦雨天，可堪芳草更芊芊。内官初赐清明火，上相闲分白打钱。紫陌乱嘶红叱拨，绿杨高映画秋千。游人记得承平事，暗喜风光似昔年。"
⑤ 《周礼·夏官·司爟》"四时变国火"郑玄注引郑司农说以鄹子曰："春取榆柳之火。"

卷五　诗、词、联

五、七律

黔　冬

自古蛮荒地，　秋来便入冬。

淫霖常积月，　瘴雾总凝空。

寂寞孤城夜，　萧条半榻风。

晓呈诗意湿，　销得晚妆红。

题东园图

东园颇入梦，　春至草生些。

阿母勤施沃，　弟兄树栅斜。

常年畦满绿，　春韭与秋茄。

冉冉炊烟起，　醺醺对晚霞。

题杨家栏图

迢递岭路长， 来回是秉常。

翻思身受命， 何意自幽藏。

毓粹欣荣蒍， 袭农衍吉昌。

梦到当年事， 云雾杳茫茫。

题秋晚经行图

去去经行处， 秋风动晚烟。

人家寒物色， 古道越流年。

邈邈长亭接， 青青瘦影怜。

家山凭杖望， 缱缱系回还。

题茅茅岭图

寂寂经行处， 幽深恐怪禽①。

晨趋乘昧旦②， 暮返急归心。

石砌长延远， 霜林醉染阴。

山亭连驿路③， 消息古今沉。

---

① 贾岛《暮过山村》："怪禽啼旷野，落日恐行人。"
② 昧旦，天将明未明时。《诗·郑风·女曰鸡鸣》："女曰鸡鸣，士曰昧旦。"
③ 传李白《菩萨蛮》："何处是归程？长亭更短亭。"

题上下关图

呼关分上下，　不解命名何。

草卉荣枯换，　晨昏往返多。

乡情犹仿佛，　客路已蹉跎。

长记音容在，　姨姑有二婆。

题春山玉濑图

春山生玉濑，　发发润溪隈。

佳木欣其盛，　野芳独自开。

天常滋物色，　人老惜蒿莱。

谁记经行处，　千年积碧苔。

题葫芦窝图

山中殊僻境，　昼日已森森。

雾接层田远，　人愁岭路深。

阴暝寒物色，　幽独冷诗心。

曾是经行处，　迷茫梦里寻。

题春溪图

蛰醒轻雷动， 年年感物同。

朝看春涨绿， 宿梦雨濡红。

挹湿氤氲气， 欺寒料峭风。

无由凭燕信， 花落水流东。

题村夏晚田图

生平亲耒耜， 长与暮蛙盟。

迭竹浮云霭， 层田急水声。

孤窗诗自慰， 独夜梦无成。

莫诵稼轩句[①]， 不堪是有情。

---

① 辛弃疾《西江月·夜行黄沙道中》："稻花香里说丰年，听取蛙声一片。"

题猪婆庵图

门掩人无事， 檐低压昼阴。

水平田漠漠①， 雾笼树森森。

偶过愁孤客， 幽冥恐怪禽。

莫问时年度， 萋萋草薉深②。

黔胜图贺韩卉女史乔迁

黔山奇胜处， 禹力不施功。

春至遐苗笛， 风生太古松。

丹青分濊泽③， 皴理老龙钟④。

摛锦堪为颂⑤， 堂宽福与洪。

---

① 王维《积雨辋川庄作》："漠漠水田飞白鹭，阴阴夏木啭黄鹂。"
② 草薉（huì），丛生杂草。《周礼·考工记序》"粤之无镈也"郑玄注："粤地涂泥多草薉。"
③ 濊（huì）泽，深泽。
④ 皴（cūn）理，皴法肖土石纹理之谓。
⑤ 摛（chī）锦，诗称敷藻，画谓设色。班固《西都赋》："若摛锦布绣，烛耀乎其陂。"

读郑珍诗书后

生平莫读郑珍诗，　诘屈酸嘶意不支。

汉学真应销兴会，　袁生胡耐笑经师[1]。

牛溲愧许微之赞，　马勃羞从博者嗤[2]。

最是伤心言不得，　浮情那较圣贤持。

---

[1] 句谓袁枚卑六经。

[2] 韩愈《进学解》云："玉札丹砂，赤箭青芝，牛溲马勃，败鼓之皮，俱收并蓄，待用无遗者，医师之良也。"牛溲、马勃与他物并列，皆药材之名。牛溲为车前草。马勃为菌类，俗称牛屎菇、马蹄包、马屁泡。或用牛溲马勃为牛尿马屎，是得其本。车前草生道路，或以牛马遗屎尿助长，故名。马勃既名牛屎菇、马屁泡，盖以形似牛马屎为称也。《说文·水部》："溲，浸沃也，叟声。"《广韵》"溲"疏有切，生母有韵上声，又所鸠切，生母尤韵平声，后者尿义。《素问·奇病论》"有癃者，一日数十溲"王冰注："溲，小便也。"《史记·郦生陆贾列传》"溲溺其中。"司马贞《索隐》："溲即溺也。""溺""尿"同。又"勃""孛"通。《释名·释天》："孛星，星旁气孛孛然也。"王先谦疏引苏舆曰："孛、勃通，孛言勃勃矣。"《汉书·五行志下》："孛者，恶气之所生也。谓之孛者，言其孛孛有所妨蔽，暗乱不明之貌也。""恶气所生"而"孛孛有所妨蔽"者，其于马屎为物与其所出者合焉。《说文·力部》："勃，排也，从力，孛声。"段玉裁《说文注》、朱骏声《说文通训定声》并谓时俗称以力旋转曰勃，并马出屎之证。究之恶气所生且排之孛孛者，必屎也。元稹作《唐故工部员外郎杜君墓系铭并序》，盛推杜诗。诗话谓杜诗广大，牛溲马勃悉可取用，不害其雅。

偶 题

金霞坠日马西驰， 苍狗白云幻几时。

燧火余灰朝雨后， 芳华倩笑晚风迟。

半逾岁侑辛盘酒①， 再续灯残子夜诗②。

好是箫声留凤迹， 仙罗浴罢艳香脂。

兰亭行

盛地初秋有惠风③， 登临异代所欣同④。

悟言一室今犹昔⑤， 流水千年事已空。

漫有兴怀酬笔墨， 敢将鹅驾附云鸿⑥。

潭清曾映当亭竹， 描取冯窗碧影重⑦。

---

① 旧俗正月初一迎新，用葱韭等五味辛辣置盘供食。
② 南朝乐府有子夜歌。
③ 王羲之《兰亭集序》："是日也，天朗气清，惠风和畅。"
④ 王羲之《兰亭集序》："当其欣于所遇，暂得于己，快然自足，曾不知老之将至。"
⑤ 王羲之《兰亭集序》："夫人之相与，俯仰一世，或取诸怀抱，悟言一室之内……后之视今，亦犹今之视昔，悲夫！"
⑥ 王羲之爱鹅。
⑦ 唐冯承素以双钩摹《兰亭集序》。

岁暮东征

一望西江万绪空， 五弦已断泣征鸿[①]。

随风叶落浮天地， 旷野冰封绝鸟虫。

半世萱椿成恍惚， 平生志意转弥蒙[②]。

从今不负家山约， 携手余生耶水东[③]。

代婚嫁藏头诗

祝厘已报中门屏[④]， 弓射无偏雀有灵。

衢巷斯时扬喜笑， 宇庭今夜鼓箫笙。

张才令识风前柳[⑤]， 帆席应传海内名。

幸乐桃枝连理结， 福来捧实阖家兴[⑥]。

---

① 嵇康《四言赠兄秀才入军》："目送归鸿，手挥五弦。"
② 弥蒙，犹茫茫。
③ 吾县有耶溪，向代县称。吾乡在耶溪东。
④ 祝厘，祈求福佑，祝福。中（zhòng），射中。《旧唐书·高祖太穆皇后窦氏传》，窦家画孔雀为门屏，求婚者射之。高祖李渊射中，娶窦氏。
⑤ 《南史·张绪传》："刘悛之为益州，献蜀柳数株……时旧宫芳林苑始成，武帝以植于太昌灵和殿前，常赏玩咨嗟，曰：'此杨柳风流可爱，似张绪当年时。'"
⑥ 捧实，指桃实。桃结实而喻生子。

五、七古

题关下图

关下在对门， 点火辄呼邻。

三代结佳好， 一径约黄昏。

只今荒垣在， 花发自为春。

题乌石槽图

吾爱东坡句， 回首乱山横①。

故山如梦里， 长作白头行。

题夹竹桃图

夹竹固无桃， 名逊海棠高。

每疑易安问， 昨夜雨潇潇②。

---

① 苏轼《南乡子·送述古》："回首乱山横。不见居人只见城。"
② 李清照《如梦令》："昨夜雨疏风骤，浓睡不消残酒。试问卷帘人，却道海棠依旧。知否，知否？应是绿肥红瘦。"

题南山下图

向晚南山下， 工余越岭征。

两乡才十里， 不隔一家情。

阿叔燃烟斗， 呼篱婶母迎。

嗟哉生计拙， 共勉子孙耕。

题杨家栏图

七里杨家栏， 年年往复还。

阿母自兹出， 九十回头看。

多少世间事， 絮与儿孙谈。

外婆从未见， 大舅入土安。

忆昔拜年往， 兄弟执手欢。

二兄寿不永， 念念转盘桓。

只今榛莽在， 不忍染青丹。

题白鹭山下图

阿妹馌南亩①， 阿母备蔬鲜。

秋至收禾罢， 向晚起炊烟。

白鹭名山下， 溪岸往留连。

清明涨碧渌②， 寒露浅素湍。

平生方二里， 一室悦三餐。

胡为天边远， 白发老颓颜。

故园变榛莽， 恶竹掩残垣③。

缱绻梦中意， 悠悠不可还。

画成久端视， 中夜一潸然。

题霜林晚图

压檐霜叶低， 世世饮兹溪。

苔径无人至， 日闻怪鸟啼。

---

① 馌（yè），送饭田作之谓。《诗·豳风·七月》："同我妇子，馌彼南亩。"
② 渌（lù），水清。江淹《别赋》："春草碧色，春水渌波。"
③ 杜甫《将赴成都草堂途中有作先寄严郑公》："新松恨不高千尺，恶竹应须斩万竿。"

题江右村居图

故郡号豫章， 阴阴成聚落。

春来陶公里， 不误桃花约。

拟韩黄体呈温州吴毓诗人

江湖多逸才， 永嘉饶灵气。

虽谢林壑敛①， 偶向辋川聚②。

縓之已一染③， 纁乃为三事④。

妙手称白战⑤， 晚唐烟霞趣⑥。

都谓点缀无⑦， 平淡渊明讵⑧。

---

① 谢灵运《石壁精舍还湖中作》："林壑敛暝色，云霞收夕霏。"
② 王维有《辋川集》。
③ 縓（quán），浅红色。
④ 纁（xūn），浅绛色。《仪礼·士冠礼》"服纁裳"郑玄注："纁裳，浅绛裳，凡染绛，一入谓之縓，再入谓之䞓，三入谓之纁。"
⑤ 白战，谓作诗禁常用字，此指不用典。钱谦益《半塘雪中戏成次东坡韵》："却笑词人多白战，腰间十韵手频叉。"
⑥ 明许学夷《诗源辩体》卷三八："晚唐人多用山水木石、烟云花鸟为诗。"张谦宜《絸斋诗谈》卷一："今人之诗，句里字外，更无些物事，只是颜色和成，故看来不生动。"
⑦ 方贞观《辍锻录》："诗中点缀，亦不可少，过于枯寂，未免有妨风韵。""点缀"略近用事。
⑧ 陶诗平淡自然，不多用典。梅尧臣《读邵不疑学士诗卷》："作诗无古今，唯造平淡难。"讵，难道，岂。

风流孟夫子，　高手内法备[1]。

山谷波春撞[2]，　诚斋泉谐戏[3]。

但观古人后，　三径满诗句[4]。

点夺染烟霞[5]，　融化渲云黳[6]。

天姥杏江春，　雁荡立海溆[7]。

题东园图

累我阿母手自种，　七口三餐碗筷共。

少年筋骨食蔬强，　养成生身堪负重。

西　园

西园二树黄柑结，　稀疏零落无人撷。

一鸟飞来独啄闲，　残阳照壁红如血。

---

[1] 陈师道《后山诗话》："子瞻谓孟浩然之诗，韵高而才短，如造内法酒手，而无材料尔。"
[2] 黄庭坚号山谷，作诗喜用拗体，如"枯松倒涧壑，波涛所春撞"之例。
[3] 杨万里诗多谐趣，如《小池》云："泉眼无声惜细流，树阴照水爱晴柔。"
[4] 陶潜《归去来兮辞》："三径就荒，松菊犹存。"
[5] 黄庭坚"点铁成金""夺胎换骨"之谓。
[6] 云黳（yì），阴云。
[7] 天姥山、雁荡山并在浙。海溆（xù），海边。

改李贺《昌谷北园新笋》仄韵作 ①

楚辞未写除青色，　离离春粉腻香黑。

幽幽月下恨无情，　露压千枝名苑侧。

示上学作

陌上盈盈读书女，　风雨朝朝愿言陪 ②。

迢迢相送到歧路，　一树桃花笑颜回。

示上学遇洪

连日山洪涨前川，　路途茫茫漫平田。

感念官兵勇当先，　救危如亲情拳拳。

---

① 李贺《昌谷北园新笋》："斫取青光写楚辞，腻香春粉黑离离。无情有恨何人见，露压烟啼千万枝。"

② 《诗·卫风·伯兮》"愿言思伯，甘心首疾"，郑玄笺："愿，念也。我念思伯，心不能已。"盖合诗意释"愿"，非专一字之义也。"愿"本愿望，"言"则凑字无义，用足句耳。特以"愿言"双音组合，后世祖述，用若一词然。今释"愿言"都谓思念殷切，不知郑合诗意为释，又昧"言"为语助并《诗》临文凑合之本，遂以一词释之。晋谢混《游西池》"逍遥越城肆，愿言屡经过"、宋华岳《早春即事》"愿言相约花前醉"，"愿言"仅"愿意""愿望"义，非郑笺合诗为释之为思念殷切者。故今之释古，当明其说经之本而慎取焉。

示留守作

去年父母打工去， 今年爷爷病来邅。
大母与孙命相依， 望望日影到昏暮。

六 言

庚子新正六言（六首）①

千禧初叶世微， 天下大疫乘衰。
四境八方逞威， 万邦遑怖莫违。
生民惨惨心悲。

世事偃蹇为非， 滞留西南思回。
瞻望山海可哀， 梦想故人归来。

梅花三朵五朵， 亲旧或东或西。
春风不管人事， 岁初已至如期。

庚子疫魔猖獗， 千门万户隔离。
可怜一家星散， 死生自任东西。

---

① 前二首拟孔融六言。

笛里梅花自落[①], 楼头黄鹤无归。

大江日日夜夜, 浪打寂寞城围。

寂寂东风柳陌, 夭夭碧血桃枝。

千里凄然一顾, 繄维庚子春时[②]。

骀荡春风舞步, 妖娆丽日桃枝。

相望东西一笑, 可怜遭遇同时。

尽日珠帘未卷, 摇晴碧柳生姿。

春光乍入铜镜, 羞落风花半墀。

梅　诗

梅朵三冬未发, 芳心一点存温。

落落世间情事, 闲愁最是黄昏。

---

① 李白《与史郎中钦听黄鹤楼上吹笛》:"黄鹤楼中吹玉笛,江城五月落梅花。"

② 繄（yī）维,句首语助。清祝廷华《陶社成立》:"西畴南亩日操劳,繄维君子甘于役。"

夜　作

展转深宵不寐，　起添樽酒吟诗。
苍茫万古斯夜，　半醉半醒之时。

六　朝

慢说唐诗宋词，　不知六代如斯。
风韵总关情事，　朝朝暮暮难持。

题画（二首）

半世生涯落拓，　千钟浊酒沉酣。
眼前谁是人物？　笔底无限江山。

作画固非拘物，　写生貌似描摹。
识得青藤放任，　始知笔墨自如。

题春山图

陌上枝头新绿， 水旁山色翠微。
樵子一歌春晚， 落花满地人归①。

题张家山图

古人画得山势， 横斜几树稀疏。
代代相因不改， 于今对景何如？

题双峰春山图

留行三里五里②， 生事垄亩东西。
岁岁春来不觉， 一川芳草萋萋。

题梨花庭院图

年来常梦山家， 月中满院梨花。
香寒惯染诗思， 不知偷换鬓华。

---

① 康伯可《游慧力寺》："啼鸟一声春晚，落花满地人归。"此盖六言之最佳者。
② 留行，时停时行。

词

一剪梅

一片春云载梦归,鹤影徐回,凤翼轻飞,东风有信约佳期。笑貌迷离,笑语依稀。　　西园芳草又萋萋,绣户帘低,玉树莺啼,杨花吹落任东西。萍碎成泥,萍水相知。

水调歌头·中文六四届五十年嘉集题赠

旧地重逢日,廓落晚秋时。年年柳絮吹过,曾记惹青丝。恍惚墀旁晚照①,彳亍楼前留影②,渺渺雁归迟。半世一弹指,几度落花飞。　　天不老,人犹在,意相知。烟华散尽,沧桑一枕梦初回。且趁黔阳佳色,但惜桑榆好景,兴与鹤天齐③。同醉故山月,笑倩彩云归④。

---

① 墀(chí),阶或阶前地。
② 彳亍(chì chù),缓步。
③ 鹤天,高天。杜牧《雪晴访赵嘏街西所居三韵》:"少陵鲸海动,翰苑鹤天寒。"
④ 晏幾道《临江仙》:"当时明月在,曾照彩云归。"

水调歌头·贺澳门诗社十周年呈施议对先生

碧岸南风起,暗暗涌潮时。千年沧浪销剩,甲贝共陶瓷。百越浮槎渡海,一统秦皇振策[1],蚝镜淡朝熹[2]。舟次宋桅断[3],绵邈引悲思。　　弓弩绝,烟灰灭,鹭鸥飞。亭前议事[4],流光漫与世迟回。雨过半湾明月,劫后三巴仵影[5],灯火夜凄迷。莫道南溟远,濠上乐相知[6]。

青玉案·沪上护病

年来行尽天涯路,岁将暮,家何处?病榻安时堪小住。风霜一枕,悲忧几度,只有人如故。　　迷蒙

---

[1] 澳门秦属南海郡番禺县。
[2] 蚝壳内壁亮如镜,因名蚝镜。澳门产蚝。"蚝"本作"蠔",音同"濠",故澳门称濠。杨万里《明发陈公径过摩舍那滩石峰下》:"东暾淡未熹,北吹寒更寂。"
[3] 宋末名将张世杰兵次于此。
[4] 澳门自明清官员及葡人议事,在今民政总署大楼之所,其前为"亭前议事地"。
[5] 澳门有三巴大牌坊,盖教堂前壁之遗。
[6] 澳门诗社社长施议对自号濠上词隐。庄子与惠施濠上辩鱼乐。施公姓施,名议对。议对,辩也。

夕雨江城雾,历乱烟花生火树。坐觉深宵情几许?夜归风雪,天寒门户,篱落黄昏语。

又

江城宿雨朝未住,风摇树,空行路,小巷深深深闭户。任凭风雨,应须稳步,惯识叮咛语。　　市来笼饼当胸捂①,归食尚温酥如许。一视开颜相尔汝,休言甘苦,他年记取,不道人心古。

青玉案·东征侍母病

年初夜发黔中路,邈重山,沉沉雾。灯火渐稀村陌树,星星篱落,昏昏门户,不识身何处。　　王孙已倦天涯旅,老怨东风两相误。梦觉深宵谁与诉?两行清泪,一程风露,万里人归去。

---

① 唐人谓馒头为笼饼。

诉衷情·戊戌除夕

人间最重是新年,欲雪九寒天。围炉煮酒今夕,情事杳相关。　　经雨霰,度艰难,共婵娟。风窗梦冷,篱角梅香,春意先传。

西江月·五六初度

醉里半生心事,闲来几度春风。玉楼灯影乱霓虹,记取韶华珍重。　　江海烟云无迹,家山寤寐成空。樽前惯看晚妆红,人世从容与共。

后庭宴·己亥端阳作

芒紫秧青[①],李生梅熟,小园碧暗篱边屋。乍晴乍雨过端阳,人间最是崇风俗。　　年年箬叶新香[②],依旧菖蒲芳服。薰风日暖,瓮里春醪足。醉梦到家山,离离生楚竹。

---

① 芒,里称茅花,紫色。秧,稻苗谓秧。
② 箬叶,粽叶。

浣溪沙

宿雨经宵冷绿沉^①,画檐漠漠暗香阴。晓看琼叶碧苔文。　　对镜羞于双鬓雪,凭栏销得几时春? 新词试问眼前人。

蝶恋花

孰与《骊驹》歌击筑^②,老罢才情^③,犹拟江南曲。肯有沉吟酬一哭,经年此去应相续。　　不道余生成槁木,莫怨东君,花谢知何速。物色春风容易触,明明皓月当桑陆^④。

调笑令

崴脚,崴脚,当路嚎啕泪落。不因疼痛难支,只缘躯命有私。私有,私有,身体受之父母。

---

① 绿沉,浓绿色。
② 《骊驹》,逸诗,别歌。
③ 犹"江郎才尽"之谓。
④ 桑陆,"沧海桑田"之略。

潇湘神

等风来,等风来,桃花漫等楚风开。等到春来花易谢,刘郎已是不重回。

联

宜丰易氏宗谱修成宴会联

派开望蔡状元一第兴诗酒[1],

族衍新昌宗谱八修盛玉章。

贵阳花溪大学城牌坊镌联

一溪襟凤野城开稷下,

万岭赴龙文学起黔中[2]。

---

[1] 上高邻宜丰,旧称望蔡,以蔡国后裔流亡至此故称。余先祖重公,字鼎臣,世居长沙,唐武宗会昌五年状元,宦游江西上高,遂家焉,后人迁邻县宜丰。

[2] 花溪大学城有龙文山,盖余命名焉。

又

凤翔金筑三春摘采,

月满黔山四海蒸云。

贵阳黔灵山谢六逸新闻长廊楹联[1]

新闻创始素誉与身归故土,

盛世开元黔山因势起长云。

孔学堂师大楼楹联

圣学载传晖丽山川斯境,

良知自足洞明天地此心。

---

[1] 谢六逸,贵阳人,创复旦新闻系,抗战时归任贵阳师范学院国文系主任,卒于任。

又

修文悟道黔地受祠师表千秋留圣迹,
相宝钟灵花溪继业书声八秩逐云涛[①]。

庚子宜丰春联

汉晋文章苞宇宙,
家山风日裕年华。

壬寅宜丰春联

携手看花一笑,
等头酌酒多闲[②]。

---

① 贵州师大宝山校区在相宝山下。贵州师大有花溪校区,孔学堂亦在花溪。
② 等头,齐头,犹共与。白居易《喜梦得自冯翊归洛兼呈令公》:"甲子等头怜共老,文章敌手莫相猜。"

庚子双峰代撰春联

前溪水映犹明月,
小镇风光似旧时。

冠疫撰联

绝境尚通音问,
闭门好读诗书。

卷六　序、跋、记、书

南昌小滕阁序[1]

阁让滕王小，星浮赣渚稀[2]。卷帘时雨至[3]，度槛落霞飞[4]。绍刘攽之绪业[5]，重永乐之昌晖[6]。校襞笺以充栋[7]，考坠简而盈几。文教深耕，穷西江之翰薮[8]；

---

[1] 江西教育出版社曾于滕王阁侧办公，号小滕阁。

[2] 滕王阁在赣江东岸。

[3] 王勃《滕王阁序》："画栋朝飞南浦云，珠帘暮卷西山雨。"

[4] 王勃《滕王阁序》："落霞与孤鹜齐飞，秋水共长天一色。"

[5] 刘攽为北宋江西新喻人，协修《资治通鉴》，与兄敞并精史学。绪业，事业，遗业。

[6] 明江西吉水解缙主修的《永乐大典》。

[7] 襞（bì）笺，折纸作书。

[8] 西江，江西。翰薮，犹辞林。王勃《七夕赋》："耸词峰于月殿，披翰薮于云扃。"

书林盛誉，播南海之风徽①。于是少悬朱笔，暂启丹扉。秋阳照壁，春色入帏。鹢首摇兮江柳绿②，蓑翁钓兮鳜鱼肥③。雾濡墨黛浓摘藻，雪煮云腴淡忘机④。情随清浪，想握灵旗。才思眇眇，丽采葳蕤⑤。散金笺之馥郁，积玉屑之芳菲⑥。邈远荒之嗟叹，何庆羡之嘻噫！

何志勇《西湖十景赋》序

人皆爱西湖，及其所爱则异，自古而然矣。白乐天贾亭踯躅，沙岸回迁⑦，固诗人之幽迹，非俗众所乐趋。苏子瞻凭临听雨⑧，登陟怀风，青衫犹湿⑨，春

---

① 风徽，谓以风范影响传播。《魏书·李崇传》："用能享国久长，风徽万祀者也。"
② 鹢首，船头画鹢鸟之谓。梁元帝《采莲赋》："于时妖童媛女，荡舟心许，鹢首徐回，兼传羽杯。"
③ 张志和《渔歌子》："西塞山前白鹭飞，桃花流水鳜鱼肥。"
④ 黄庭坚《双井茶送子瞻》："我家江南摘云腴，落硙霏霏雪不如。"
⑤ 草木盛貌。
⑥ 玉屑，谓美辞。
⑦ 白居易《钱塘湖春行》："孤山寺北贾亭西，水面初平云脚低……最爱湖东行不足，绿杨阴里白沙堤。"
⑧ 苏轼《六月二十七日望湖楼醉书》："黑云翻墨未遮山，白雨跳珠乱入船。卷地风来忽吹散，望湖楼下水如天。"
⑨ 苏轼《青玉案·送伯固归吴中》："春衫犹是，小蛮针线，曾湿西湖雨。"

梦已空。杨诚斋则爱接天莲叶，映日荷花[1]，奚复悲忧寂寞，怨恨咨嗟！是以譬怜西子，语妙东坡，浓妆淡抹[2]，华月素波，一般颦笑，百态婀娜。而袁中郎之爱也，夭桃若吴娃之色，弱柳如越妓之腰[3]，亦见才人之情韵，以高文士之风标。抑李长吉之所爱，乃在昏灯萤爝，油壁香轮，泪滴已枯之骨，诗愁遗艳之魂[4]。此昔人之所爱，而今世之尚存，采辞章以敷藻，摘物色以成文，古今斯遇，诗赋相因。其于西湖之爱及所以爱之者，诚有独得于内，妙夺于神，慨乎昔人已去，当代有闻。故谓今之视昔，亦犹后之视今，逸存有以，今古会心，不徒摩肩接踵、走马观花、蜂从曹聚[5]、浪谑淫哇[6]而已矣。

---

[1] 杨万里《晓出净慈寺送林子方》："毕竟西湖六月中，风光不与四时同。接天莲叶无穷碧，映日荷花别样红。"

[2] 苏轼《饮湖上初晴后雨》："欲把西湖比西子，浓妆淡抹总相宜。"

[3] 袁宏道《踏堤曲》："柳腰似欲争游妓，莺舌分明唤醉人。"又云："桃叶成蹊柳作行，东风吹热少年肠。"

[4] 李贺《苏小小墓》："油壁车，夕相待。冷翠烛，劳光彩。西陵下，风吹雨。"

[5] 曹聚，群聚。元结《演兴·闵岭中》："彼猛毒兮曹聚，必凭托乎阻修。"

[6] 《文选·嵇康〈养生论〉》："目惑玄黄，耳务淫哇。"李善注引扬雄《法言》谓"哇则郑"，引李轨谓"哇，邪也"。

唐定坤编《南雅集》序

夫今诗何为而作也？既乏农工之用，无系衣食于身，退不以歌凤兮，进不以登龙门。何况泥沙俱下，孰谓披沙拣金？纵使李杜重生，亦恐湮没无闻。抑有春秋代序之感[①]、男女哀乐之因，固亦离群以怨，嘉会以亲[②]，而诗可不作矣乎？且人之所处，境有所分，或以绝巘[③]，或以通津，兴之所遇，触处成真，情动于中而形之于文，日有所欣而笔有所陈，夜有所梦而扰之于神，而竟耽其癖也，一往何深！其有鸡林荒远[④]、鳖鳛胚浑[⑤]，向谓淫霖所施、禹贡无珍者，不惟《列锦》之富[⑥]、《播雅》之芬[⑦]，所赖韩黄谲怪、郑莫娅姻[⑧]，以迄于今，犹礼失而求诸野，固毓秀所钟于心。是以渴

---

① 刘勰《文心雕龙·物色》："春秋代序，阴阳惨舒，物色之动，心亦摇焉。"
② 钟嵘《诗品序》："嘉会寄诗以亲，离群托诗以怨。"
③ 绝巘（yǎn），山峰极高之谓。郦道元《水经注·三峡》："绝巘多生怪柏。"
④ 鸡林，古国，即新罗。
⑤ 遵义古属鳖国，秦置鳖县，汉武帝时置犍为郡，鳖为郡治。鳛，鱼名。遵义有鳛水，今作习水。胚浑，浑沌。
⑥ 《西京杂记》卷二司马相如为牂牁盛览言赋心，谓"合纂组以成文，列锦绣而为质"，览乃作《合祖歌》《列锦赋》而退。
⑦ 唐贞观间置播州，今遵义。清郑珍编次《播雅》。
⑧ 清末贵州郑珍、莫友芝并称西南巨儒，诗学韩黄，与程恩泽、何绍基、曾国藩相鼓吹，号宋诗派。二人子嗣娅姻亦有为学者。

饮赤水，醉悦黔灵①，浑不知乎其名之所存。世有不乐成人之名者，孰能无愧乎斯言！

温大陈胜武"第二书展"序

昔仓颉书而鬼夜哭，龟甲契而缪卜亨②，金鼎铸而神灵飨，汉隶兴而经义明，盖书者，发阴阳之幽秘，通天地之奥蕴，致祭祀于绵邈，绍学术乎渊微③。及后衍为艺事，魏晋风度，相为表里，若王右军醉书《兰亭》，而仰观宇宙，俯察品物，取诸怀抱，参于死生，故当纸之受颖、墨之濡翰，乃若香兰含烟，修竹浮碧，桨摇春水，风回玉雪，是有世族之精神、竟代之流韵也已。及宋明雅润，莫非诗文浸染，乃称文人之字，而书卷气在焉。

是故黄山谷之论书也，以谓"凡作字，须熟观魏晋人书，会之于心，自得古人笔法也"，固越唐而追魏晋矣，乃至"久不观陶谢诗，觉胸次愊塞"云。又

---

① 贵阳有黔灵山。
② 缪卜，虔诚占卜。"缪"通"穆"。《史记·鲁周公世家》："武王有疾，不豫，群臣惧，太公、召公乃缪卜。"裴骃《集解》引徐广曰："古书'穆'字多作'缪'。"
③ 《后汉书·张衡传论》："故知思引渊微，人之上术。"

跋东坡《书远景楼赋》云："今俗子喜评东坡，彼盖用翰林侍书之绳墨尺度，是岂知法之意哉！余谓东坡书，学问文章之气，郁郁芊芊，发于笔墨之间，此所以他人终莫能及耳。"推而大之，则谓"学书要须胸中有道义，又广以圣哲之学，书乃可贵，若其灵府无程，政使笔墨不减元常、逸少①，只是俗人耳"，信哉艺之于道，而学问文章之所养也！

窃谓唐以板质，清以怪诞，盖素所不喜。然学问文章之气厚，乃今蔑有矣。人不为诗而但书唐诗者，则专书法家之名，特钞书耳；既专书法之名，则学问文章，并圣哲道义阙如，非独书艺为然。故有论班、马而不能为赋，说苏、黄而不克为诗，反之专诗、赋者，不诵班、马、李、杜一字者有诸。至若教匠退休、官员致仕，乃谋诗会任持、书协主事，则襄会庆典、逢年过节，必资吟咏，漫附风骚，大率"红旗飘飘万里扬，十亿人民奔小康"之类，适足喷饭。彼其胸无点墨，心乏真情，老子所谓强死之徒②、枯槁不春，但窃诗名以致残羹耳。钞书亦若是矣。往予供职乡文化

---

① 钟繇字元常，三国曹魏书法家。王羲之，字逸少。
② 《老子》第七十六章："故坚强者死之徒，柔弱者生之徒。是以兵强则不胜，木强则共。"

站，吾县书法著名者，乃使磨墨伸纸，书"羌笛何须问杨柳"，而诵"羌"为"无"，是专书家之名者，曩吾识之矣。

然吾近识温州陈胜武君而异之。其人既从名师，早入弘农籍，又复擅诗，好古文，作《书而无礼》《书而无文》，指陈其弊，倡诗书合一，志在匡道，而为"第二书展"。予闻而叹曰：世有阳春白雪，雅好高山流水，奈何下里巴人，途咢巷讴[1]，黄钟毁弃，瓦缶雷鸣[2]，乃使东施登堂，西子失色，河伯自喜，海若见笑，其视一世之狂佞鼓惑者，固谓"第二"可也。然"二"者是惟自立，亦足自存。善乎韩昌黎之托李愿之言曰[3]："大丈夫不遇于时者之所为也，我则行之！"推其志，固亦自尊乃尔。时在二月廿八日，岁次丙申，江右易闻晓识于黔中。

---

① 咢，击鼓而歌，亦泛称歌唱。
② 《楚辞·卜居》。
③ 韩愈《送李愿归盘谷序》。

徐晓光《黔湘桂边区山地民族习惯法的民间文学表达》序

《商君书·画策》谓神农"刑政不用而治",故凡争端决于合族,或取裁于长,而后有司立焉,刑政兴焉。然一族之于一地之治,其决讼之法,究有本诸习惯而成文者。夫华夏申法而用儒,然闾里居常解纷,犹遵祖训、族长,而决于宗祠者,亦习惯之遗也。故习惯之于法律,实演进之有先后、措用之可补充也。今黔东南地接湘、桂,苗、侗、瑶之所集居,盖历千载之所生息者焉。其民有争而决于族规祖训者,盖一族一地习惯使然,谓之"习惯法"可尔。

《老子》曰:"人法地,地法天,天法道,道法自然。"是法之所生,法自然也。自然之在天道曰理,制法之所本也。朱子曰:"法者,天下之理。"《汉书·刑法志》曰:"圣人因天秩而制五礼,因天讨而作五刑。"盖一本于天而已。故习惯法之因地制宜,是法天也。夫苗开鼓社而尊议榔,贾理代传,古歌口述;侗订款约而重言语,血酒盟誓,祭师诵咏;瑶栽岩石而立古规,料令释律,讲件即兴。凡此者以决民事,以解世纷,以资传唱,以为兴情,而法与文学通矣。

是故韩子尚法，属辞入文学之选；荆公拜相，为政并诗史之名。非惟事藉文显、人禀材通，而说理必依形象、听讼当合人情是也。何况文学兴于时序、音乐合乎节律，而诗有规矩，遂谨法度乃尔。沈德潜谓"诗贵性情，亦须论法，杂乱而无章，非诗也"[1]，徐增谓作诗须"从性情、法律处下手"[2]，文章艺事之通于法者明矣。予读是书得之，所谓信而有征者也。夫以学者谙法而通文，故就黔、湘、桂以论苗、侗、瑶之法，而资"民间文学表达"可也。

夫君子信而好古，而于古俗尚存者考今知远，盖亦学者之所深癖。且以边地幽远，重山障蔽，蚩尤锁雾[3]，苗侗讴歌，芦笙奏阕[4]，牛角吹野，其风俗之殊越，亦古始之孑遗者。故徐先生之为是书也，良以北人入黔，讶其异俗，好其古风，考款碑于既覆[5]，听牧笛于将晚，饮角觞于已醉，采蛮藤于未紫[6]。其为人也，

---

[1] 沈德潜《说诗晬语》。
[2] 徐增《而庵诗话》。
[3] 传苗族为蚩尤之后，此指苗地之雾。《太平御览》卷一五引《志林》："黄帝与蚩尤战于涿鹿之野。蚩尤作大雾弥三日，军人皆惑。"杜甫《自京赴奉先县咏怀五百字》："蚩尤塞寒空，蹴踏崖谷滑。"
[4] 歌曲或词，一首或一段称阕，此指曲。
[5] 款碑，瑶侗款约锲碑之谓。
[6] 南方产藤，可编箪席。宋王安石《示宝觉》："却忆东窗簟，蛮藤故宛然。"

本北客而好南音；其为学也，精法律而通文辞。学委重大，发书契于清水；性比豪侠，摅胸臆于黔风。予识其人并睹其书，爰书数语以示感佩云。时维三月十三日，岁次丙申，江右易闻晓谨识。

读黄保真先生集书后

先生早从郭绍虞氏治批评史，学成入京，与蔡钟翔、成复旺先生相推重，思立一派之学，合撰《中国文学理论史》五卷。其学深思辨而重文理，繇其统而得其要，凡中国文论之范畴、命题、谈说，自先秦以迄晚近，源流纲绪，演变传承，一编在手，百代寓目，固文评不舍之津涂，为学者所依之典例也。盖上世纪八十年代论理方兴，犹魏晋之通玄妙，乃方今之薄性灵。新纪以还，转尚考证，文献效功，裒辑为能，考一字以为奇，发片笺以为宝，质之文义学理，则杜口扪舌而已。乃使《文选》徒作，《诗品》见笑。先生每斥其非，慨然自任，今诸生犹拟其形容云。夫章太炎之论国故，始小学而终诸子，非以文献考证为足，而思想之可贵，乃文化之所本。故先生之学，通于形上之辩，穷乎终极之理，尤于老庄之义，多所抉发，不徒以文评视之可也。

七女坟碑记

一九三九年二月四日,日寇发机炸筑[①],投弹一百二十九枚,毁房舍无数,死伤者众。时东北、华北及东、南、华中大部继陷,各省大、中学生多亡走至筑,并七女生罹难,其最少者,命陨碧玉[②],在市郊花溪石园村口,筑人就地葬之,即今贵大南区属地。初,国立贵州大学以收流黔生众立校,爰存薪火。师生植松林焉,迄今八十一载,穆穆森森,清明每偕致祭,洒扫未阙。七女者,吴江钱氏明汉、沈氏培筑、沈门陈氏馥椿、嘉善朱氏令仪、朱门沈氏菊英、平氏青梅、潮阳章氏小明是也。维此镌志,斯警来学,勿忘国耻,用慰冤魂,而以奋发向学、富国强民为励云。公元二〇二〇年四月四日,庚子清明,贵州大学立。

---

① 贵阳号筑城。

② 碧玉,女年十六之谓。

与人书

诗佳。和云："夜深人不寐,灯暗影投墙。论问来迟复,浑浑只自忙。"近日煎迫,一文催交,《中华诗词写作教程》方草,而七月四日赴京参会。前日开会,昨日开会,今日开会,未有罅隙可乘也。虽然,课业为本,授徒为重,何况研讨在即,不得已尽弃众务,专精批点,草成,其庶几矣。盖既深心为之,文献足征,体悟为要,阐发可取,固当精益求精,无惭薄俸乃尔。特依材料叙说,不免冗赘;是从平常推求,有乏学理。奈何十载荒疏,几忘行文之法;胡如一日精进,实有论理之成。盖于字句标点、注释凡例,多可参商。是以三日草创,用敷论坛。惟希逐字校订,逐条注释,而后再加润色,期以投刊发表,此进益之工,略后可尔。夫以字养不易,洗浆为劳,时不我待,朝夕是趋,亦难为也已!此复!戊戌年五月初十日。

卷七　稗说 上

筛　沙

文言思维造语,譬形制如筛,尽去白话之粗而存精焉。吾为文言世说,是以文言筛幻尘,多若三千大千世界恒河沙也。

（2022年12月4日,贵阳）

变米糕

侯教授发馍,注水多,加面粉,察之,曰:"视将变何物,不则米糕耶?"

（2020年2月11日,贵阳）

骂建行

骂姓,百家姓尚存。有骂建行者聘物业,以客户多建行,不受,网氓乃议改名骂工行云[1]。

(2021年2月26日元宵,宜丰)

自 印

网氓发帖言,昨店饭,观壁上云:"羊自畜,蔬自种,油自榨,食放心。"买单,报店主曰:"钱自出,钞自印,用放心。"出店,店主追不及,顾谓"腿自生,走自遂,意自作"。侯教授看帖,曰:"年报,书自著,文自作,刊自印。"闻者绝倒。

(2017年10月21日,贵阳)

甚 幸

人有创防脱洗发水者,致巨富,谢顶,曰:"年六十而谢,甚幸。"

(2017年10月29日,贵阳)

---

[1] 氓,《说文·民部》:"氓,民也。"

小 觑

贼数窃乡政宿舍旧单车，张海茂新购，未窃。明日诣乡长曰："某也卑，非止上司小觑，贼亦然。"

（2015年11月18日，贵阳）

戒 我

夫戒烟，谓妻曰："若再，不共寝。"厅寝有日，未戒，誓再谓妻云。已而仍未戒，妻曰："是戒我矣。"

（2017年10月27日，花溪）

生 姊

夫妻欲二胎，问女曰："生弟？抑妹？"对曰："生姊。"

（2017年10月25日，贵阳）

避　子

子大避母，母亦避子。网氓曰："吾子甫生，妻避归宁，竟改嫁矣。"

（2022 年 12 月 5 日，贵阳）

守　规

凯里街市整然，行人守序。窃贼走，犹遵斑马线，及捕，盖习常使然。

（2014 年 11 月 27 日，贵阳）

困　兽

迩来颇考犬豕牛马之类。侯教授书成见寄，有日，问读否，报曰："方困于兽，不得读人书。"

（2021 年 8 月 5 日，贵阳）

孙老师

武和平为文学院副书记,绝肖六小龄童,吾妻途遇,直呼孙老师,竟忘其姓。

(2019年5月24日,贵阳)

灯无用

偕妻夜适瞽按摩,如厕,怪何暗,对曰:"灯无用。"

(2019年5月24日,贵阳)

白大褂

李主任性仁厚,予陪病,授予饭卡,谓教授餐好可用。予受之而未敢就食,盖欲益以白大褂授之,不见疑也。

(2019年1月30日,上海)

琼 师

某自琼师归，乡医问月薪，意过万，对曰无；复意五千，再对无；则以为诳，诘之，实对三千耳。医悦，乃报子佣沪①，月入六千云。

（2022年5月13日，贵阳）

不要脸

网氓言，昨购含羞草，触而不羞。电售者，对曰："其种贵，最不要脸，世仅此一耳。"

（2019年5月25日，贵阳）

气 喘

每电属下，辄觉气喘若疾行，怪何忙，非不疑也。

（2019年5月29日，贵阳）

---

① 佣，指打工。

减 半

二女异悭豪①,豪者每请饭,悭者点单,多多益善。及悭者请,乃呼佣者曰:"二人用不多,每份减半耳"。

(2017年10月23日,贵阳)

神 人

傅道彬云,人有德才,顾必有趣,无趣,则神人矣。

(2017年10月24日,贵阳)

忆 力

侯教授言,钱财如数家珍者,非恃忆力,特钱少耳。

(2017年10月19日,贵阳)

---

① 悭(qiān),吝啬。

病　理

或除胆，医检胆囊炎。诘之，对曰："胆虽无，病理必有。"

（2015年11月20日，贵阳）

一毛不拔

今夏苦热，致有粤鸡全脱毛者，人谓一毛不拔，下锅可矣。

（2022年7月22日，贵阳）

偷工减料

国画写意笔简，侯教授谓偷工减料。然夏热女装，不亦过之乎？

（2015年11月20日，贵阳）

字　大

侯教授身巧字大，每课徒板书，凡数字即满，生徒抄录，不遗一字。盖师立黑板前，不蔽字之十一也。

（2015年4月1日，清明黔赣道中）

省　墨

宋徽宗创瘦金书，李纲谓太瘦。上曰："使天下习之，省墨多矣。"

（2017年10月19日，贵阳）

目　成

侯教授购字帖，经年不练，或怪之，乃诵《九歌》曰："忽独与余兮目成。"

（2022年11月15日，贵阳）

智永字

侯教授习智永字，辍而叹曰："怪乎我习之不类也！盖非其字好，特临之难耳。"

（2017年10月21日，贵阳）

阮次山

阮次山向余最爱，口吃，观众心急。凤凰台邀评水货客事件，网氓发帖："阮，阮，阮……你，你，你……你你？……我我我……！"

（2014年11月27日，贵阳）

不坑爹

老外店招华客，书汉字于板曰："货真价实，不坑爹。"

（2020年1月8日，贵阳）

诚　厚

桐乡媪孙杏宝年将百，倍百二十返张发林木工钱，初才十，盖愈五十载，媪素忘之，工竟未索钱。乡党咸以媪诚而工朴厚云。

（2019年5月24日，贵阳）

笑 单

周、苟遇相谑，苟笑不止，仆地死。听讼，传单罚周六万金，世谓笑单。

（2016年1月18日，花溪）

无丈不仆

一七年四月廿四日，浙《青年时报》，有丈立谈于道，一媪引车过，丈适谈竟，反身绊车，仆折臂。听讼，断媪偿二万金，法当推过乃尔。说者曰："然则筑路当罚，使无路，则丈不至；与谈者当罚，使谈不竟，则丈不反身；并丈先考妣当追罚，使不生丈，则无丈不仆矣。"

（2017年10月19日，贵阳）

碰 瓷

京师方言,"碰瓷"谓路陈瓷具,伺行人碰坏讹钱。刁徒引类,迩来弥甚,多老而无良者。或当众仆地,人有不忍而扶将者,反诬被伤。或就行车佯踬[①],讹金至数万,路人避之,惟恐不及。而老弱病残之踣也[②],乃至视若无睹。甚者恶徒相与,专工其术,坊间号曰"碰瓷党",老者居多,有司拘入,出仍操故,卒不禁。或指"坏人变老"云。子曰:"老而不死是为贼。"《诗》云:"相鼠有皮,人而无仪!人而无仪,不死何为!"盖斯之谓也。

(2017年10月21日,贵阳)

不碰瓷

江西网讯梁生斌、郑周赟述,一七年三月二日,吉安刘翁乘车相撞,幸无碍,惊司机,请医检。翁固辞曰:"不碰瓷。入院,至少费千金。皮伤,敷草药可矣。"不就。乡政云,刘翁名振仕,居三丰村,称善人。然不碰瓷,是有碰瓷者。人有碰瓷与不碰瓷者,非止善

---

① 踬(zhì),摔倒。
② 踣(bó),跌倒。

恶，乃公理在焉。特吾人所乏者，非止无善恶，亦乏公理焉。

(2017年10月21日，贵阳)

晒谷场

本年近日，温州鳌江火车站，农人用为晒谷场，有司谕人性执法云。噫！使市民设摊焉，城管执法，其惟人性乎哉！曩吾宜丰县邻乡棠浦、新庄、石市曝谷于途，数致车祸，其最可恶者，鸡鸭在途，车过死之，则合村老幼聚殴讹钱，盖民风刁悍如此。今岁山左晞粮阻路，网议率以悯农云云，其自高以视可悯而悯之耶？抑农之为农，特不守法而可悯者耶？夫执法而预舆论之偏者，举世一边倒，是可畏也。吾亦农人，亦公民，不畏也。

(2017年10月27日，贵阳)

售 弱

或谓世以弱势而售弱者，其惟公理为市，可畏也。

(2017年10月27日，贵阳)

补 贴

川男驾豪车,值百万,每下高速,匿车村里,窃鸡鸭为常,被执,坦白油贵补贴云。

(2019年6月4日,贵阳)

夜 浮

本月廿日,滇男醉,夜浮月潭湖心岛,夙醒不克渡,乃报警求助,几同梦游。

(2019年6月23日,贵阳)

自 啮

有梦中自啮者,血淋漓,醒诘之,对曰:"梦啖彘肩①,美甚。"事非诞,龙游横山镇李某是也。

(2017年10月23日,贵阳)

---

① 彘(zhì)肩,猪肘。

气　量

扬子晚报网，张建波文，一七年三月十一日，公司男某立楼颠，将跃下，特以上司取食插队，止之被遣，盖气量如此。

（2017年10月20日，贵阳）

毁上代

国馆网，二胎毁上代，生而不养，率与父母，稍不慎，辄招怨，多致失眠，老病强半，医接诊云。

（2017年10月25日，贵阳）

太累欲睡

"积木育儿"妥妈文，上周末，八龄童多器官衰竭死，遗言太累欲睡。盖向所补习多，周末无休。其母悔不已。

（2019年6月5日，贵阳）

撞　镜

男理家物,得妻旧照,审之,己在焉,乃在十七年前,妻尚未识。问之,时在青岛五四广场,侍母病,过而留影,男适游此撞镜,真奇缘也。

（2019年6月11日,贵阳）

霸　屏

网论,明星霸屏,若某某离异、某某成婚,报道不断,是谓"霸屏"。

（2017年10月26日,贵阳）

贫而孰与

或以竞歌走红,村人度其豪,使铺路,并村中水电、健身、机井之设,皆强与焉。又多索钱不反,复使人均赍车,咸指多金不克用云。其人忿,曰:"昔贫,而孰与焉?"

（2019年6月11日,贵阳）

村 鄙

攀枝花李氏，适同村，偕沪治业晚成，归而村人鄙之，以为城居不济，莫与言。乃营别业豪丽，叹为观止，而咸乐与交焉。

(2019年6月12日，贵阳)

犬 鉴

犬粮品鉴师，聘待字之女，以桃华之龄、芳心之爱、细腻之感、灵妙之觉，日鉴犬食，若奶油、干酪、蛋白、橄榄、香肠、坚果之类，辨其甘咸燥湿，微察犬之品类、雄雌、长幼，及其与人口之所异者，入微出化，几忘人犬。凡犬食，必先天下之犬而犬食之。或曰："其有聘女使归者①，受福不亚犬矣。"

(2017年10月20日，贵阳)

数钱忘祖

明代江西填湖广，迁往湖湘最多，今赣湘犹称"老表"，赣人客湘而美赣，湘人欣然。徙黔亦众，今黔

---

① 归，女嫁曰归。

民为赣人之后者,十之三四强,江、浙及京、广、沪无与焉。然今江、浙及京、广、沪富,其人游黔,景点免费,而赣人无与,得非数钱忘祖乎哉!

(2022年2月5日,宜丰)

停　发

领导停发微信群,为语人曰:"留言必称正确,贴像悉呼超帅,跑步都夸健美,日获赞夥,久之赧然,受之不胜,是以停发。"

(2017年10月20日,贵阳)

外　行

外行领导好,盖同行争利,上下俱损。外行不与争。争利,利不在我,并无害焉。

(2017年10月21日,贵阳)

打早打小

畜子淘顽者属意焉,稚园打黑标语,曰:"打早打小。"

(2019年5月25日,贵阳)

冒　学

近曝山左往多冒学,网氓既有学历者,已而相庆,咸感甚幸云。

(2020年6月27日,贵阳)

索　赔

低头女商场走看手机蹶,计医护、误工费并精神损抚金等一九三万,悉索赔。一、二审均判商场十之四,女十之六。或曰:"跳楼,物业赔十之四;溺河,市政赔十之五;低头看苹果蹶,苹果当赔十之六。"

(2019年5月25日,贵阳)

直 率

特朗普指乌干达为粪坑,乌总统谓爱其直率。网氓更指乌总统为矢,盖即矢耳。

(2019年5月26日,贵阳)

华 人

前联合国执行局主席特维叟·莱特言,华人敬祖,善隐忍,继祖业,其族延绵以此。

(2017年10月29日,贵阳)

针 镇

身毒婴哭[①],母辄用针扎顶,俗谓针镇。种姓,女卑不受学,愚昧若此。

(2019年5月26日,贵阳)

---

① 身毒,印度。

横滨玛丽

横滨西冈雪子，为千金，父死遗巨财，兄夺而逐之。应诏侍美，阅无数，特以质美而慎择，号"皇后"。有美兵爱之，将归授戒指，诺来聘，因日候南浦，凡三十四年死，电影《横滨玛丽》衍其事。

（2019年6月11日，贵阳）

迟　谢

日困英缅联军，湘人刘放吾帅一一三团驰援，激战三昼夜，救众凡数千。已而退岛居贫，及撒切尔、布什迟谢，盖在九二年后，世始知之。

（2019年6月1日，贵阳）

拉　贝

拉贝以纳粹救助国人甚众，并其日纪寇行，国人当铭，一者以恩，一者以仇。

（2019年5月25日，贵阳）

阿　记

基隆阿记约女台南火车站,女爽约,候站台廿岁,社工救助归,拒不就,仍往候之。

(2019年5月26日,贵阳)

犬　缘

相如蜀人,少好读书,学击剑,故其亲名之曰犬子。及上读《子虚赋》,恨不并世,适同郡杨得意为狗监,奏本郡司马相如为之云。

(2019年5月29日,贵阳)

阳明像

世存阳明像,惟贵阳栖霞山阳明祠汉白玉造,闲静渊雅,有古圣气象。然当世造像如修文阳明洞所立,昂首挺胸,迎风飘髯,眉宇间有今代豪气,是当世心象,非阳明也。

(2015年10月10日,贵阳)

使　上

宣统遇赦，时郭鼎堂主科学院，方治清史，欲使副贰，帝曰不识满文，郭惭而退。

（2021年12月17日，贵阳）

杨振宁归籍

杨振宁归籍，舆论责之，比于邓稼先等，以谓寸功未立，国贫而远之，富则趋之，且以老夫少妻，耻于人口云。噫！是何所见之僻也！杨之在美，听证归还冲绳协定，义正辞严；访华，见于周、毛，粤启理科之重。凡此国人莫知，而津津其人婚恋，其所乐议而不乐成人之美者若此！夫以见重北阙之望，而卑于东闾之口者，何也？抑舍彼而就此，是情之挚也；国富而归之，是国之荣也。其视伶伦之去国、明星之见宠者，盖于人心趋避，亦可羞矣。

（2017年10月21日，贵阳）

徐宝贵

徐宝贵以农人治石鼓,耆宿自吉省庠学以至北大,多所提掖。盖上纪八十年代已还,世道人心重学,今蔑如矣。其卒,网述其事,余转诸生群,则共合十诵悼而已。噫!何言意之隔,而轮扁老斫轮也[①]!

(2022年11月29日,贵阳)

学 会

学会之可举者,耆宿之广时誉,晚学之结人缘,主办之致垂顾,参与之可游历也。益以舟车增座,馆舍逆旅,贩竖孳银[②],屠沽获利,何乐而不为也?是故天假龟寿,地钟仙灵,时惟清赏,人乐趋附,乃学术必资会议,会议必取学术者,宜哉!

(2015年5月9日,长沙)

---

① 《庄子·天道》。
② 贩竖,小贩。

钓协群

钓协群晒蛇照相矜,盖卑湿多蛇,不及鱼。乃相与语曰:"惟钓,吾侪何所不识也。"识者曰:"学者群议事,亦犹是矣。"

(2020年1月8日,贵阳)

谄 祭

学者多建群,至非群主而不见重。常有耆老卒,群共合十悼之,或不识其人而非师承亦然。子曰:"非其鬼而祭之,谄也。"盖斯之谓也。

(2022年11月29日,贵阳)

沙漠湖

拉克依斯马拉赫塞斯沙漠在巴西,每七至九月,成千湖,十月而失,来岁复故。盖近海多雨,蒸发不及,积水成盐,白沙蓝天相映,真奇观也。

(2019年6月1日,贵阳)

纳米细菌

《科学报告》，西班牙人近撰文，埃塞俄比亚达洛利火山热液区，八十九摄氏度，生物在焉，曰"纳米细菌"，非赖氧以生，意者外星或存。

（2019年6月5日，贵阳）

母象救子

英《每日邮报》一五年三月廿七日，印度杰德拉区幼象落井，母象救之，竟日不弃。象鼻拱土入井，愈覆其子。母号，闻之村人，乃取井中土，象鼻卒负子出。噫！岂谓人伦独有耶？

（2015年4月1日，清明黔赣道中）

犬 视

近日，粤犬立床前，注视主人久，异乎常。已而突户走，车过辗轧死。意者犬知将死，不舍而别之。犬既死，主亦病月已。异哉！

（2022年12月，贵阳）

卷八　稗说 下

姨外婆

外祖母早逝，予昆季未及见，所亲则姨外婆，居同村上关，去予旧居杨家窝才一里，下关之上也。母言幼时姨外婆最爱，适半山，母亦适此，盖去娘家小槽杨家栏七里，越岭过猪婆庵、葫芦窝以诣，故姨外婆以近邻亲爱吾母者凡数十年。予少，姨外婆已老，每宰鸡豚，则蒸熟将一大搪缸款步前来，令母食罄乃归。吾侪拜年，先母舅，在小槽杨家栏；次姑伯，在邻乡天宝石井村，及本乡夏家坊、双峰。姨外婆最近，故至元宵节前往拜。昔乡人酒肉备年无多，初十前待客数过已罄，而姨外婆必预吾侪往拜，丰盛最可期待。大碗鸡鸭、大块肉盛高，夹令速食，不得少留，谓身薄需多补云。吾侪含脯鼓颊，专进不得少懈。姨外婆性急，予家请饭，坐灶前添薪不竭，催饭菜速熟。予幼，常至上关拣梨，盖姨外公生前手植梨树，长成数丈，秋后梨落草中觅食，熟黄甘味。邻妇每出诅叱，姨外婆辄隔篱对骂。予长，诣钱塘攻书数载，姨外婆问何往，母对读博士云。则曰："何远去习此？"盖吾乡方言，"博士"特木匠耳。予窜南海归，而姨外婆已逝。及谪黔归，上关老屋亦废，榛莽丛生矣。

（2016年2月10日，宜丰）

田姑婆

田姑婆辈分大，父言出龟脑背园树窝易氏，适半山下关陈贺元，吾侪但随父辈称贺姑父、田姑婆，盖乡俗称老姑婆大一辈者，省"老"取便，或父母呼儿媳弟为舅，则随晚辈称之，亦尚礼之实。田姑婆生痴女芸，适同村石桥头张全。全性厚怕事，无嗣。予少，全姑父已老。田姑婆为媪，小脚碎步，负薪刈草，银发粘叶，坐歇石根[1]，吾侪每为负任，则夸孝顺父母

---

[1] 杜甫《负薪行》："夔州处女发半华，四十五十无夫家。更遭丧乱嫁不售，一生抱恨堪咨嗟……十犹八九负薪归，卖薪得钱应供给。至老双鬟只垂颈，野花山叶银钗并……面妆首饰杂啼痕，地褊衣寒困石根。"

有福云。种蔬自食多余，曝干为茶点，若豆角干、南瓜干、冬瓜干等，常年储瓮不阙，不时兜至，经庙子边来，柱杖笃笃，分食吾侪，盖常例也。吾家添口，若满月、百日、周岁备酒，或宰豚、打麻糍、煮番薯糖，父母每遣吾侪往请媪来。贺姑父不乐出饭，从不克饱，人亦不请，媪为备饭，自往不顾。村老言，翁少好嫖赌。老而性急，挖笋，或竟日二只，则锄醢齎怒不已[①]。翁先卒，不识何时。媪卒或当予在南海时也。

（2016年2月11日，宜丰）

淼 舅

予婶弟胡文波者，居下关，小名淼，予长兄过继叔父，故予幼随兄呼"淼舅"也。有文化，字好，善言好胜，不服人，头微侧傲物，然亦终日笑颊，不欺老弱，故后生辈咸乐与交。裁禾极速，村中惟二哥克胜，为语予祖讳有星修身猿臂，栽插与青壮竞逐负气，相斗田里云。淼舅称能人，"文革"中半山置红星大队，为长。栽插，挎囊负红宝书，移时席垄，燃烟诵

---

① 锄醢（hǎi），谓锄笋成酱。齎（jì）怒，疾怒，暴怒。《楚辞·离骚》："荃不察余之中情兮，反信谗而齎怒。"王逸注："齎，疾也。"

读，故村中青少早从习烟者，特假偷闲耳。凡村中饮宴，淼舅必携礼至，畅饮不辞，与村宿斗胜，漫夸不让，在吾家，父每喝令乃止。"文革"后去职，予三兄欲复习高考，以古历并虚岁录出生超龄，乞淼舅证明，应诺摘笔书具，按指为凭，而时任本队会计漆某不纳，盖恐人考出农门，竟不逮，老于垄亩。噫！其人心善者如此，而不乐成人之美至是者，实可恨也！

（2016年2月11日，赣黔道中）

外 客

乡人称外来者为客。予所见半山外客者，张九万、李高、杨矮子、罗礼、漆茂、朱火、冷述轩、黄医师及上海知青小王、小赵是也。张九万，万载人，老至猪婆庵赁住，孤门单户，忆中若独身，后迁出或卒，不详。李高，浙人，单身居下关纸棚，佣工，常外出，或经月归，前后数岁。方脸阔口，宽颡小分头①，无事但招青少厮混，唱歌打曲。尝教予等歌曰："蒋介石死在台湾，两眼望青天。嘎嘎咕嘎，没有办法。"才三句，

---

① 颡（sǎng），额。

以越音鴂舌难习，终不会。某年外出，竟未归，当时或传已死云。杨矮子，萍乡人，不知名，初事公社搬运队，墩黝壮力①，及废公社，复乡，撤搬运队，挈妇张家山同居，妇走，未几矮子亦去，不知所终。罗礼，本名二字"礼生"，村人取便略称，以筑水库没故地易平迁来，居上关，鳏无嗣，老病不起，村人易户赍食②，经月卒。漆茂，本名"茂昌"取略，亦以水库没库前故宅迁来，居数岁，喜邻家闲坐，辄半日，老以姊荐县城看门，遘疟疾死，队赁手扶拖拉机载返，村人合资以葬。罗、漆并鳏而死，亲戚不吊，邻里嘘唏。朱火，亦以易平水没迁下关，与淼舅邻，有子嗣，仍居老宅，终归村籍。冷述轩，修水人，以逃荒迁入，居张家山迄今，子娶同村女，化音本地，为村人。黄医师，县人，以食皇粮下乡，退休复禄终老，子河清顶职入电站，娶淼舅女，俱迁县城。上海知青小王、小赵谪此，居石桥头对门队部，从村人耕者寡，多聚他村同谪厮混，或至邻家谈坐竟日，饭熟不招自食。归沪携书若干返，二兄悉借读熟，予亦从之，盖髫龄熟诵者以此。凡此若干人等，咸以外客入此，或去或

---

① 墩，粗厚。黝（yǒu），青黑。
② 赍（jī），馈。

留，或存或殁，村老闲谈或及，惟村头古树，曾谙殊方之音。今村后嗣悉出务工，或考学远走，但余半山夕阳、一溪明月，老弱留守而已。

（2016年2月12日，贵阳）

冷述轩

冷述轩，修水人，"文革"前逃荒至半山，居张家山迄今。性豪侠，有拳脚。予居家读书，父往借应考盘缠，不辞。与先兄善，剧饮。喜读《三国》，队遣山田挩坎脚①，大雾，设草人，加蓑笠，时移梯田上下，雾中望若其人，人指学孔明空城计云。冷述轩为生产队保管，岁除，与会计吴桃芳决算。乡人不识"冷述轩"之雅，但谐"冷失魂"，吴桃芳谐"吴托慌"，"吴"义否之，犹不义，"托慌"谓急也。后生乃言天寒，保管冷失魂欲罢，会计对"吴托慌"算迟，相语为乐也。

（2016年2月11日，赣黔道中）

---

① 挩（luō），读入声，手取柔物之谓。坎脚，田坎底。栽插前除田坎草，谓挩坎脚。

禾桩槁

村叟吴姓,瘦骨峥峥,人称"禾桩槁",盖乡言"桩槁"谓桩。割稻余禾茒数寸,绝处挺利似桩,滋田水不腐,越岁耕,需先除禾茒。叟"文革"被斗,逼发无辜,叉脚立台上,肖然若桩,厉声斥其佞,竟不枉人。

(2016年2月12日,贵阳)

洽　先

吾乡谓癞为"洽","洽头"即癞头也。"先"则"先先"之略,盖不自动手而指人以动,若读书人斯文或道士装神之类,如谓"拈咒先先",盖斯文好懒之谓。吾村洽先者,游手好闲,不事生产业,穷懒无内衣,敝袄真空出絮,从不浆洗,油光可鉴。日趐至人家[①],闲话无时,饭熟不招自食。但村中人家作宴,如婚嫁、满月、百日、周岁,或宰豕屠牲,则自至帮事,不谓懒矣。若刮猪毛、翻猪肠、涤牛杂等,人不堪其秽,乃必其专任。农家有大宴,往往食三匝,人皆争先恐后,盖后食余不洁,而洽先必后,以不催久

---

① 趐(xué),来回走。

食可耳。然口不非人，斥且嘻笑，虽村老嫌而责者亦无可如何，且平生但求享腹，贫不能娶，竟以醉堕秽坑死，亦可怜也。

（2016年2月12日，贵阳）

上　关

予旧居杨家窝北向过庙子边，沿溪岸石路一里右上至下关，淼舅、田姑婆居焉，有纸棚，北侧石径数十步至上关。宽禾场，外石坎有大梨树，直干舒枝，秋叶萧疏，结实累累。予幼，俱村童树下草中觅梨，得啖之，黄熟甘味。姨外婆并三表舅池生居焉。木构有伉①，雕窗画壁，约六、七间，有天井，周檐雨落，滴沥有声，池石生苔，清凉炎暑，坐卧茗饮，终日惬意。先是，二表舅古生居此，后迁邻乡黄冈，县界交铜鼓。舅妈依稀白胖，笑口常开，子长生，顽而善，眯笑嘻嘻。后表姨娘自同村瞎井里迁来，姨父熊耙生，善耙如名，凡村中佣工春插，争延必应。

予记事，半山以大队建制，置司上关，中堂显敞，可容百人集会，批斗为常。会后辄聚餐，发地、富所

---

① 伉（kàng），高大。《诗·大雅·緜》："乃立皋门，皋门有伉。"

藏咸腊，并户献蔬，多十数桌，各挈童稚与俱，盖家食常年无鱼肉也。或搭台堂上，县采茶剧团出演《杜鹃山》等①。或放电影，合村自携椅凳往观，则其后也。"文革"时书语录粉壁上，盖乡宿胡剑鸣手书者，具唐人笔意。其屋，自表舅古生迁出，鳏叟罗礼生从易平来居，予弱冠跌伤，叟采药草敷服，经月乃愈，叟卒不知年岁。又后姨外婆卒，约当予窜南海时，归而焚香灵前，表舅池生尚在，未几亦卒，并表姨娘、姨父继殁，老屋遂旷，久而废，榛莽丛生矣。

（2016年2月6日，双峰）

石 路

乡村通公路前多石路，宽或古驿道，千岁人马经行，堀磕塌滑②。或县乡官路，大人轿马，呵殿执持③，往来不绝，沿路村镇，商旅聚焉，盛于一时。或

---

① 江西民间采茶戏，以采茶调主唱。
② 堀（kū）磕，并入声，山势隆起堆积貌。拙著《相如盛览问对赋》："其势巆嶱塞天，堀磕出地。"塌滑，谓石路湿滑易蹶之谓，盖方音入声叠韵形容也。
③ 呵殿，谓官员出行，仪卫前呵后殿，喝令行人让道。

阡陌连接,岭岙登降①,铺石胜于泥涂也。或溪岸蜿折,升砌分延,幽竹深杳,隐见荆篱墙瓦,退红楹联。或春涨溪岸,草侵陂石,路旁桃树,落花流水。可恨画家拟旧,不睹世间风物如瞽,又相率竞趋名山大川,乃使世人不识,山鹘自怨②,而居人耕樵,但为生事,则浑不知身在画中矣。

(2015年9月6日,贵阳)

库 前

库前在乡南,有街市临河,在茅茅岭下,当衢越岭诣县,极繁兴。铺青石为街,广才四米,长可三里。两旁木屋,叠檐接拱,对开铺肆,匾帘枒比。晨兴开市,豆腐店、饼店最早,男负担过木桥,高以窄,晨雾迷蒙,倒影隐约,女浣洗河边,淘米备饔③。夏夕,翁媪椅坐铺前,摇扇驱暑,闲话移时。平日过往,担荷推引,扶将持负,人声攘攘,木车辘辘。予幼,恒随母至,辄受米糖、烧饼诸食。饼店柜台高,企足不

---

① 岙(ào),浙赣谓山中深奥处。
② 鹘(hú),山鸟。孔稚珪《北山移文》:"蕙帐空兮夜鹤怨,山人去兮晓猿惊。"
③ 饔(yōng),早餐。

及，乃恣小二谑笑。生病，数往诣王郎中，金牙凸外不纳，终日若笑。有铁匠铺，生铁匠主锤，叮当作响。初，大队委以二哥从师锻铁，未几厌去之，乃阴治斧凿诸具，竟归家作木工矣。后有司计筑水库街市南，二哥亦入"搬家连"，徙市人同村槽口、牛角窝等。时合县劳力筑坝次焉，遣戏班慰问，在市南戏台，二哥肩跨以观，人山人海，夜影憧憧，是街市盛极也，未几尽毁。坝成，水没其址，卒为鱼窟。后每泄库，其址或出，予与兄指忆铁匠店、饼店所在，唏嘘不已。或言，街市本乡政所在，以筑坝北迁双峰也。

（2017年8月12日，贵阳）

茅茅岭

吾乡迄鼎革前无车路，乡人出山诣县，必经茅茅岭，县志书"黄茅岭"，在乡东南库前村。岭下曰婆窝，初居十余户，后迁邻近牛角窝。由婆窝口延石级上，路多弯折，有石立侧，勒反书十余字，莫能破识，传谓藏宝碑，书示宝藏所在。升岭三里造顶，有山亭，行客往来歇脚。下岭石路七里，总号十里长亭。其先有卖茶酒店，今遗残垣多所。至狭路临峭壁，传昔贼人劫道。遍岭多乔枫，秋山归晚，暝色染醉。下岭即巷口，经柴源、荡上，并桥西乡属，过三峰坳达县。后通公路，而车少仍从岭道。予少，忆父兄每年关负竹尾越岭至巷口，时或雨雪[①]，易少钱办除夕疏肉，盖昔农人一岁所获，不足百金，而私售竹木，则指"投机到把"，村政严办。父兄售竹尾归，母每令予与妹门楼睇望，恒在薄暮，雉鸣山野，一室凄清。予亦尝随三兄挑冬笋造县城卖。及长独行，忆自县购黄宾虹山水册页归，焦墨积厚，丹赭石绿设色[②]，行行取看，浑如岭上秋色。徒行荡上、巷口归，平畴禾黍，古柳昏鸦，远山斜阳，炊烟袅袅，黄犊归夕，恍若人在天涯，思亲何极！及后通班车，至县才半时，岭路遂废，榛莽塞途，不辨鸟迹，可惜枫林秋晚，而与赏及触情者旷矣！

(2015年6月26日，贵阳)

易 名

"文革"中以"红"易名者夥，若"红星""红旗"

---

① 雨，读去声，下雨。雨雪，下雪。
② 丹，朱砂。赭，赭石。与石绿并国画颜料。

之类，雷同比比。余幼就傅，算术题每见"红星人民公社""红星大队""红星生产队""红旗人民公社""红旗大队""红旗生产队"等等。吾村半山，亦改"红星"。及他村则易水岭为桂丰、龟脑背为联合、夏家坊为夏溪，凡地图、政令称焉。"联合"今语，"联丰"杜撰无谓，村老但仍旧名而已。及改革复乡政，村名亦复旧称。

（2015 年 5 月 26 日，花溪）

村　聘

昔村夫娶，以手表、自行车、收音机、缝纫机为聘，号"四件"，盖时物贵者若此，村人售犊宰豕不克，邻里轻之。及后浸裕，易自行车为摩托，里人曰"驴狗"；易收音机为录音机，磁带多邓丽君；去手表，缝纫机仍之。又后废四件而讲"三金"，戒指、项链、耳环是也，后生借贷必办。今尚小车，比于自行，则指四轮而已。

（2015 年 9 月 25 日，贵阳）

粮布棉票

昔财用薄,有粮、布、棉票,食国粮享多,农人不及其余。乡用,粮票仅易面食补乏,布、棉票定量限购,乏金故余票多。后物足,廪乃生蚨,布、棉屯积不售,贩竖叫卖乡里,则惟老者赊货,后生时尚不取也。而国之阜物,邓公之策也。

(2015年9月25日,贵阳)

竹尾巴

江右多毛竹,伐竹,并取竹尾售。曩者公伐竹,私取尾,谓拣竹尾,阴售以贴家用,岁暮用资过年,或雪夜潜越茅茅岭至巷口售,妇孺望归不寐。公伐竹少,故伐竹取尾,谓"杀鸡取蛋"。中、小学缴竹尾充费,复遣假令伐献校,谓"勤工俭学"。竹尾长三米捆扎,锯截头尾令齐,或长不及,夹尾接之,蒙混检核。供销社公检,多等外,不得负归,则等额售金窃留,私心恨恨。后废公社,分山私有,竹尾亦私售,价乃倍昔,公私分明如此。

(2015年9月16日,贵阳)

公　社

昔公社下立大队，大队下立小队，并以作业组织，全称生产大队、生产小队，略称生产队，是乡制之最小者。生产所得聚公，缴公粮之余分劳力及妇孺口粮，年齿长幼不等。聚作日计工分，才值数文，年终决算，罕非超支户者。及毁私灶，立食堂，合队人口聚食，众妇为厨，洗切无间。未几廪空，食堂遂废。邓公新用事，复公社为乡，立乡政，大队复村，小队称组，包产到户，继则分田，不复聚作。又后胡公废公粮，卒以户耕自给，贫裕殊别矣。

（2015年8月25日，花溪）

猪　场

南人嗜猪，家畜自给，得"家"字之本。岁除宰豖，半资过年，半售以贴明春财用。及废家畜，始有猪场，多举鳏夫任事，盖老弱不堪力田，但以殊事同酬、等计工分耳。吾家在红星队，畜豚[①]，号"红星猪场"，举张超生为倌，若"荆州牧"然，村人取便省"生"

---
① 豚（tún），小猪。

字，但呼张超，擢场长，前后畜豚百数，悉夭，莫或成豣者①。每豚死，村人辄喜，烹以聚食，乃沾荤腥。食竟议曰："叟鳏而瘦，畜豚夭不蕃，固其宜也。"后计生令行，村人追议，复以超生畜豚，豚死叟卒，竟不超生矣。或谓"生"字不当省，故畜豚必死也。

（2015年5月8日，广州）

超　支

今信用卡可视本金及财力透支，消费超前，亦谓透支，身体过劳亦称。然昔透支财物谓"超支"，盖超其财力而预支也，与以财力透支异。曩非鳏、寡、茕、独而领家口为食者，率以队分口粮，老幼妇孺不等，鲜克敷食，多超支来岁口粮。或队营副业略结余，则岁末按户决算，绝多超支，盖平日看病及油盐借支也。或有盈利，按工分兑钱，一分仅值数文，则终岁盈利不过数十金，超支则全无。改革初仍旧制，始有岁盈百元者，号富人。吾队吴夬生家多劳力，盈二百，岁末会，会计发钞，夬持钞奋袂谓众曰："曩吾超支不虑，

---

① 豣（jiān），大猪。

今钱多何用！"咸以故穷而佞。及后废公社、复大队为乡、村，变队为组，包产到户，迄分田，种粮并副业私为，卒废超支，盖赖袁氏杂交多产，递有售粮并畜猪牛致富者，号万元户。又后废公粮，农人自给为足，而青壮出务，仅老弱农忙力田，收获十倍昔时。然米贱伤农，竞趋城市，田地荒芜，三径不存，一村空室矣。

（2015年8月26日，花溪）

羊角车

手推独轮车之制，以二木为推把，度左右两臂为宽，系绳带二把，负带于肩助推也。推把长二米及末，连轴置轮推转，二木间度为窄，自推把之宽及此，尾如羊角，故名。推物助力，倍过肩负。予少，父兄使樵薪，体弱不克肩负，又羡邻童推车，木轮轳辘，乃乞二兄造独轮车，常在屋前庙子边道旁，伐薪推归。然车所至，止于路旁。其薪之可伐者，生湿不坚，燃则多烟，费吹滋涕。是故予之樵薪也，虽劳而取笑者为常。今故园荒废,灶垣卒为虺坛①,况父与二兄仙逝,永不取笑矣。

(2015年5月21日,花溪)

板 车

板车用助人力,乡中青壮必备,如竹木、谷米、肥沃之重,车载数倍人力。其制购轮轴,自作车把构架,上置木板故名。车架上围凿孔,接榫为栏,载细物不脱也。重物如大树段,则去围栏,绳缚固之。载竹长十米强,固之如木段,但于竹头及尾绳缚数匝,推竹尾以行。辟径通山中窝坳,谓板车路。路陡窄,仅容一车,驾车载竹木极危。载木,人在前,下山惯力大,在人定之,力在脚胫也。负竹则人在车后,执尾定向。裁竹轮置枢刹车,系绳为控。然路陡滑,执持为难,非青壮力大者不任。改革前,江右乡中多致浙人伐竹木售,工薪半售价,盖赣民耐苦远逊,虽去半价,不乐自为也。冬寒浙人驾车,挥汗如雨,喘息不及,而

---

① 虺(huǐ),毒蛇。

乡老拥火笼聚观①，指挥载御，品第胜劣，往往意见不同，相与怨诟以归。后浙富，而江右愈贫，盖辛劳而益富、懒惰以安穷，不谓然乎？

（2015年6月11日，贵阳）

自行车

国人用自行车，六十年代尚寡。幼于电影识之，汉奸梳分头，戴墨镜，衣黑长褂，挎驳壳枪，横行乡里，途人避之。长见公社干部配用，则着中山装，斜挎帆布包为常。而邮差人均配车，悉绿色，同制服，骑踏风驰，溪畔陇头，无所不至，如履平地。村人有亲眷在外者，或寄钱物济用，候邮差如亲，有件则喜，无则怅怅。后予亦入公社广播站护线，不配车，乃取废钢圈及内胎胶补，自购外胎，并掇废车架，拼组骑行乡路。时名牌凤凰、永久，废弃而部件可用。及去公社，购杂牌，未几遂坏，犬儿将废铁易糖矣。又后诣钱塘，居六载，购车凡三，费金不及百，前二被窃，后且用之毕业，未被盗，而卒亦弃之。又后之穗，新购一部，

---

① 火笼，如桶形而小，直径可七八寸，篾织为围，内置陶缶纳火匙，覆灰取暖，可挈拥，或手巾上裹颈，下罩火笼蔽热。

粤人称单车，以道多机动罕用。又窜琼岛，艳阳炽烈，男步执伞，骑行灼伤，故亦罕用。又谪黔中，山城路陡，黔人不用。归乡，村人早亦弃用，易骑摩托，乡里称驴狗，富则面包车，又后则轿车，多用零工接送，然亦代步，即乡间咫尺，亦驱往返，盖示富也。而予老，归乐步行，盘桓竟日，乡人笑之。

（2015年6月16日，贵阳）

班 车

公交之定时路，谓之班车，盖如人上班，准时有则也。昔吾乡出山之县，必经东南库前茅茅岭，越岭经桥西乡荡上以诣。鼎革后通车路，辟库前西南山，通芳塘乡石陂，西折刁勒，转桥西乡五里牌至县。千禧后改由石陂东折荡上，则与老路合。初，乡人或搭货车造县。后通班车，属县交通客运，自县至乡北集镇，竟日一往返。以乘客多，必超载，故购票宜早，又必准时。凡购、检票，恒有推斥，上、下车，乘务指挥无礼，客众唯唯。盖车运公办，员工食国粮，其视乡人食村粮者咸以自傲，卑其粗陋，衣冠敝坏，形貌委琐①，往贩菜肉鸡鸭土物为常，麻袋扁担负任，一车狼藉。及改革，班车私营，则凡购、检票并上下车，司机、乘务莫非笑脸，相老扶幼，殷勤有加。揽客，中途招手即停，与公营殊别。是故事之顺逆，非人性之善恶，而改故革新，邓公之政也。

(2015年6月18日，贵阳)

均 钱

清明焚钱先父坟上，忆少时先父引吾侪焚钱先祖坟上，旁有野坟失扫，先父每另焚少钱，诫曰："孤坟野鬼，尔等来享！多则弗备，少而不枉。时惟艰虞，但惜铢两。只许均分，不准乱抢！"

(2015年4月5日，清明双峰)

俭 用

吾少贫，母俭持家，毫厘析用，悉予吾侪，均添雨鞋、夹袄诸件。及老，奉金不受，曰："老矣，何用？"

(2019年5月29日，贵阳)

---

① 委琐，同猥琐。

解　饮

江右呼男儿曰"古"。余妻舅建古为季，憨直少思，受酒不辞，曰："方饮方解，方解方饮。"

（2019年3月6日，宜丰）

常　例

新正饔馍[①]。常例，筑人初八开市，然意中或有。初五晨兴之市，向所市者不得，再转街巷竟获。归而妻食，视前日稍多，色愈好。妻笑，余亦笑。盖常例是矣，其不以自恕者，诚也。

（2019年2月10日，贵阳）

有　序

凡置物，有序则整，如瓶缶在柜，玻璃光鉴，肴馍在盘，堂室斯煌。若瓶缶在地，肴馍在厨，则乱。然则整而有序，乱则无序耳。且山有序则脊脉分麓，水无序则潢污积潦，时有序则阴阳和邕，世无序则是非颠倒。盖序者，自然之道、人事之常也。

（2017年10月23日，贵阳）

---

① 新正，新年正月。饔（yōng），早餐。

时　空

忙若昏天黑地，或醉酒病热，翻思昨事似久；子夜秋霖睡觉，燃灯独坐，而数十年事如昨。曩余居家山，去县城才数十里，但觉迢远，乃今隔两省，高铁仅四时，反若比邻。故时空恒在人心之感，不然，虽桑海之变、井邑之接，并无谓也。

（2017年10月28日，贵阳）

繁　简

凡事至简者必繁，盖至简之事，论无所傍，议之不止，纷纷藉藉，卒无定论，乃至于繁矣。借如心、物之间，谓物生心是矣，然非心烛则物不存，此王阳明所谓心外无物，而意之所在，是为物也。是故唯物、唯心之辩无穷，盖心、物至简，然说物必以心，说心必以物，以至纷争不止，义繁而无谓矣。释氏谓境由心生，心生万法，则法皆虚妄，然无法则心无所现矣。又佛之言觉，觉其无也，则佛究竟为无，若执佛为有而学之，则万劫不复。盖人生即苦，苦海无边，心生妄虑而攀援著有也。是佛为无也。然无佛而学佛则妄，犹无鬼而学祭礼①,谬矣。此有无之辩也。以非有即无,非无即有,是事之至简者也。然至于繁义纷出而不休者,政以至简也。盖说有必以无,说无必以有,自是皆以繁、简为说,奚以不至于繁也?及天地人伦之间,至简者,男女也。人之为人,非男即女,非女即男,其非男非女者,非人也。是男女至简者也。然男女之事,何往而非至繁者耶?吾人饭后所谈,茶余所资,闺阁之内,衾枕之私,文士所述,闾巷所议,及强暴之恶,孟浪之轻,层出不穷,使非天下绝人,则事端不竭。是其事之至简与至繁者也。故事之至简者必繁,至繁者必简,犹左之于右,阴之于阳,相与为诠者也。而简者无以复加,故诠之必繁,是辩证之理也。

(2015年5月21日,花溪)

---

① 《墨子·公孟》:"子墨子曰:'执无鬼而学祭礼,是犹无客而学客礼也,是犹无鱼而为鱼罟也。'"

感　冒

诗，太冷非宜，过热亦非宜，故冬夏诗寡，春秋则多。盖春秋感冒，诗人善能，弱不禁风，其心如之。刘彦和云："春秋代序，阴阳惨舒，物色之动，心亦摇焉。"李易安云："乍暖还寒时候，最难将息。"其心之感物，是感冒也。

（2017 年 10 月 23 日，贵阳）

古今意象

意象别古今，若离乡游旅，在古则南浦，柳条芳草，离愁无限，情寓其中。近则铁轨远延，书生著长衫，挈皮箱伫立远望，天涯落魄，固五四人也。虽愁心同一，意象则殊今古，文学遂有别致。

（2015 年 10 月 10 日，贵阳）

青春作伴

黔阳秒入夏，前日羽绒围巾，不敌奇寒，今则袒腹受热矣。办飧饮罢[①]，阳台夕照，子影徘徊，遽尔

---

① 飧（sūn），晚餐。

思乡矣。忆昔山路归晚，鹅卵石燠[1]，芋叶溪凉，尤爱虹叟焦墨，青绿渲染，松崖拄杖，小桥流水，迄今卅有余年。忽记老杜"青春作伴好还乡"之句，萦萦在心，怅然久之。

（2020年5月6日，贵阳）

真豪吝

稚子贪心，每饭，视蔬肉盈桌则喜，母携购物，亦欲多多，不则假哭。而为赋者，率大制，若相如《子虚》《上林》，名物贪多，下笔不休，其贪心同童欤？诗则不然，出象而犹藏，欲言而又止，吞吐异常人，说为谲谏蕴藉。譬诸予童金，才五角，欲予还休。故谓儿童真、赋家豪、诗人吝，盖定数也。

（2017年10月28日，贵阳）

真博假

《诗》《骚》异源。《诗》篇为短，分章合乐，以为咏叹，故怨而不怒，哀而不伤。《骚》则愁满川泽，

---

[1] 燠（yù），热。

恨极丘山，用资寄托之广，情真也。宋玉继之，弃情叙物，爰启汉赋。相如凭虚，"苞括宇宙，总览人物"，肆其博也。迄后世五、七，篇幅既窄，字句盖寡，吞吐不达，踌躇作态，共托山水烟云，谓为意象，千人一词，万首一意，实惟虚情假意。故谓屈原真、相如博、诗人假。

（2017年10月24日，贵阳）

题 画

题画，自宋人多在上方，或左右，直行清疏，望之朗朗，盖画笔简墨淡，留白多，题识随其所宜。当世不然，画幅既满，笔繁墨浊，题识遂寻隙实之，或在石旁岩下，花间竹侧，随形所之，鳞次栉比，如蚁过途，如蝇聚壁，蛇行蠖折[①]，蜿蟺逶迤[②]，或谓布局谨严，其实计议之僻也。以其胸非虚廓，故物类之所

[①] 蠖（huò），一种虫。蠖折，若虫屈折。
[②] 蜿蟺（wān shàn），蚯蚓，此谓蚯蚓蠕动。

塞者，如荆楚榛莽，箫蔓槮森[1]，乃至笔画钉聚，墨色渍积，充实全幅，望之窒息，题识如之。原其所自，则郑板桥题竹有之，其书既巧，题识作意亦然。近世画胜而诗亡，若潘天寿已寡题诗，画则苍岩秃鹫，署"雷婆头峰寿者"[2]，笔画怪桀，傲兀不群，布置作意，以见崛兀之性，但于悠游自得、酣畅淋漓者逊矣。又下则李苦禅用笔与潘不侔，题识则其裔耳。他若李可染画胜，创为一派，然题识既简，笔画延屈如蚓，书卷气已失，决非文人画矣。故谓虽题识而见雅俗，亦文化兴替之征也。

(2016年1月21日，贵阳)

技 艺

久不作字，临纸如刑。使论学而如吹弹书画，则不能不精矣。盖当众搦管，临场献艺，不容稍失，平地无隙可入也。又非神思之通山海，遑论以贯东西，

---

[1] 用马融《长笛赋》"林箫蔓荆，森槮（sēn）柞朴"语，林箫（xiāo），竹林。蔓荆，葛类与灌木。《文选·马融〈长笛赋〉》李善注谓"森槮，长貌"，盖连用二木转为形容，后作"森森"。李周翰注谓"森、槮、柞、朴，皆木名"，《全汉赋评注》仍之，盖不识联绵用字，形随音变，繁复以滋。
[2] 潘天寿宁海人，里有雷婆头峰，潘氏取以自号。

特一画一笔，一颦一笑，技在身手，孰比庖丁？且孔门六艺惟精，今事文学者，能无愧乎？

（2020年7月15日，贵阳）

肉不如竹

陶潜《晋故征西大将军长史孟府君传》谓"听妓，丝不如竹，竹不如肉"，盖"渐近自然"。或以晋弦乐未畅，竹制为优，而丝竹为器，又不若唇吻自如，故人声一出，器乐遂为伴奏是矣。窃谓不然，盖自然者，物性本真，乃非人为之谓。音乐，则天籁为上。况如龙门之桐，上仰高崿，下临深溪，湍流溯波，烈风飘霰①，飞雪之激，霹雳之感，而野茧之丝以为弦也②。又鐘笼奇生于终南阴崖③，托九成之孤岑④，临万仞之石碛，秋潦漱趾，冬雪封枝⑤。并得自然之沦精⑥，吸天地之郁气，发之于声，合乎五音，通于六合，乃使

---

① 霰（xiàn），雪子。
② 用枚乘《七发》语。
③ 鐘（zhōng）笼，指竹。奇生，寄生。
④ 九成，犹九重。
⑤ 用马融《长笛赋》语。
⑥ 沦精，谓沥露得于天地之精。

师堂操畅①,九寡为泣②,蚑蟜蝼蚁③,拄喙不前④,是乃大音而达于至道者也。及人肉所发,乃拟心以积怨,调吻而趋和,兴世情之所感,发俗虑之所如,是皆大伪,奚取自然?故国乐之以丝竹,而柔以清;西洋之以铜铝,则坚以冷。前者听以化入,后者闻以肃敬,其自然与伪,较然可知矣。

(2015年4月14日,兰州)

乐器之异

乐器适奏其乐,乐由心起,族域感物殊异,故乃乐器不同。西洋多铜管金声,冷冷不遇于心,中土则丝竹,丝丝若渗于内。闻丝竹而如茗,听羌管则知膻。一曲如《平湖秋月》,五架头奏之⑤,意象则夕阳椰榕,

---

① 师堂,乐师名。畅,乐曲名。
② 《文选·七发》李善注引《列女传》:"鲁之母师,九子之寡母也,不幸早失夫,独与九子居。"
③ 蚑(qí)、蟜(jiǎo),并虫。
④ 拄喙(huì),犹屏息。用枚乘《七发》语。
⑤ 广东音乐以二弦、提琴、三弦、月琴、横箫为硬功组合,称五架头。

春雨芭蕉，洞箫则月影桨声，露华碧落，一湖春酿，万古深愁。一己之心何诉？其惟乐而已矣！

（2020年7月11日，贵阳）

听　乐

听乐，须独坐，忘事务，远尘嚣，摒俗虑，平心静气，闭目运精，嗒然若遗世[①]。然后身散乐中如解，与夫浮游，高下抗坠，婉转断续，悲欢忧乐，缱绻缠绵，都在其中矣。庄子曰："勿听之以耳，而听之以心，勿听之以心，而听之以气。"是谓听乐。

（2015年4月6日，清明赣黔途中）

听　歌

听歌必由乎心，心欲听而悦之。心不欲听，则虽龙吟凤啭而耳听不顺[②]，若五音不全者。爱一曲，而经月听之，它皆不乐。听歌偏宜醉后，沉溺不反，故歌、酒于类为近。惟乐通今昔，光阴不改，是以闻律

---

① 嗒（tà）然，神情若失貌。
② 啭（zhuàn），鸟鸣婉转之谓。

起舞，听歌怀旧，恍如昨日，而堪人情易老也哉！

(2015年4月6日，清明赣黔道中)

奏　乐

奏乐，众籁齐发，各司其任，按节合拍，轻重缓促，丝微不乱。视其神情之专注、意态之沉酣，及装束之整齐、气质之庄雅，共为旋律所摄，其于同一境界，浑然忘我，是乐之通于人心，若有魔力附焉。子曰"诗可以群"，于理同然。顾非身处其中，乐散以归，则镇日柴米油盐，一身功名利禄，乃至人情之向背、世务之往来，依然故我，而泯然众矣。故谓人无雅俗庄佻，其所以为庄雅者，必有以庄雅之境为人之所趋，不特音乐而已。

(2017年10月23日，贵阳)

享　乐

赏乐用心，戚戚而悲，凄凄以泣，及委屈抑郁，咸与绸缪，入之愈深，其痛益切，丝丝絮絮，滴沥肝肠，殷血渗漉，虽痛而快者，其惟自受，是谓享乐。

（2017年10月25日，贵阳）

上刑场

梅兰芳晚岁登台，谓上刑场，大师境界，益知其艰，盛名之下，不容少怠，盖自惜如此。

（2019年6月1日，贵阳）

胸　次

谭富英听孟小冬《搜孤救孤》过己，终身不复唱之，特非狭隘，盖心折而敬服，胸次如此。

（2019年6月1日，贵阳）

嗜 旧

京剧尚旧,今变其腔,又变韵白为白话,遂失味。京剧"革命"以前,《白毛女》声腔仍旧,并韵白,不殊其味。故凡变多者遂失其本,京剧而为"现代",昙花一现,而嗜京剧者,特嗜旧耳。譬有老店之号百年,陈酿之贮千岁,何独伎艺趣新也哉!

(2017年10月24日,贵阳)

体 例

予注书至"浑成",以人不尽其然,必注;然下句"流转",意者人知其义,或亦非了然,亦注。盖以体例概之。体例既定,按例乃尔。斯固以"浑成""流转"相属,注上必下,有上无下则否[1],犹秤物不平,心有不安,展转难眠,起注"流转"毕,乃复梦。是以注释多,实非每字必注也。论文亦然,凡说一义必穷其本,如四科六义之属,尚恐人所不知,亦为考据千文,自矜文献之实、学术有本,其实意必耳,非仅学术,凡人之以己之例而例人者,莫不如此。

(2015年4月6日,清明赣黔道中)

---

[1] 否(pǐ),不顺。

规　范

今学术规范率尊泰西，凡议论，必构一系统，而注释必详，虽人所尽知者不免也。虽尘沙而必积丘山，涓滴而必汇川流。是以今世论著之多，倍于有史之和。古人则不然，悟一理则说一义，考一物则书一条，故为笔记、随笔之制，即注疏论列，亦日积月累，虽一世之作，都为一集，而字字可玩，传世足矣。

（2015 年 4 月 6 日，清明赣黔道中）

恋尸癖

学者论文尚质，硕博论文，阿师每诫质朴，凡语句字词略有文采者，辄划去，遂同枣核，日惟干货，谓论学固是，不同文笔为然。但以《语》之隽永、《孟》之滂沛、《史记》而比《离骚》，并《庄子》汪洋、《墨子》推类，及贾谊论积贮之谨、李密陈乞骸之切①，于文体为用，于才藻也靡，孰谓质木乎哉？乃如李密所陈，特告假之用，固非情切之于骈藻而能感动人主者也。是以论一事、说一理而不藉文采者，其事理不彰明矣。

---

① 乞骸之切，李密《陈情表》。

《传》曰："言以足志，文以足言。"庾信云："言而无文，行之不远。"陶答子妻曰："妾闻南山有玄豹，雾雨七日而不下食者，何也？欲以泽其毛而成文章也。"盖物无文不物，文而无文，其尚可成文耶？而齐宣王固谓"寡人好色"。夫色表为文而好之，故楚宫腰细、骊汤脂腻[①]，君上之所好也。学者则不然，既去文采，宜其远色，好货，游鱼之有彩鳞而不好之，特嗜鱼干，亦如枣核，于女，则木乃伊，是恋尸癖也。

(2017年10月24日，贵阳)

王 码

美《大西洋月刊》一六年十一月廿日，未来属汉字，输入倍西语，汤姆·马拉尼云。汉字近八万，形体各异，比于字母拼写，乃称繁难，此汉语拼音化之所由，盖其议所从来久矣。粤自改革，复以汉字繁难见疑，谓落后不容于信息之世，故拼音之论，时或泛起。幸王码出，其余踵继，议论稍平。乃今西文输入，按键拼写，简易仍之如故。然资智能以设代码指令输

---

① 唐华清池在骊山。汤，温泉。白居易《长恨歌》："春寒赐浴华清池，温泉水滑洗凝脂。"

入汉字,乃倍速西文按键之简易者。盖汉语单音独字,不相混淆,指代摄之无难,拼音则惟纪口吻,字母组词,不克代码为摄,输入远逊汉字。甚矣其视汉字繁难而必欲废止之执也!微王码出,汉字或已不存;而马拉尼之论,可资省发。然则王码功伟,智能用宏,以吾人文化之存,存之汉字,苟汉字之不继,则文化之不存,而拼音化之于吾人文化之罪,罪不可宥矣。

(2017年10月22日,贵阳)

装 特

祭牲用特。《书·舜典》:"格于艺祖,用特。"蔡沈集传曰:"特,特牲也,谓一牛也。"引申为大义。《诗·魏风·伐檀》"胡瞻尔庭有县特兮",陈奂传疏谓"特……大也"。今江右捕兽,机发而获,谓之装特,盖期所获之大也。又如玉米、苞谷字俗,后者尤甚,而江右雅称苞黍,高粱则谓芦黍,称男少而言倜傥,则曩余言之矣。

(2021年8月21日,贵阳)

好虐

江右方音，谓玩为"虐"，盖雅言也。如父兄责子弟不学，谓镇日只会虐，又人称一技若字画，则自谦好虐耳。玩物悉称虐，如虐游戏、虐手机、虐狗、虐猫比比，"虐狗"非戕贼，特玩狗尔。"虐"通"謔"，上古、《广韵》并药韵。《说文·言部》及《慧琳音义》卷八五"谈謔"注引《考声》并训"謔"为戏。《诗·邶风·终风》"謔浪笑傲"，朱熹《集传》谓"謔，戏言也"。经传多训"虐"为"謔"，《诗·大雅·抑》"覆用为虐"，马瑞辰《传笺通释》谓"虐之言謔也"，《群经评议·毛诗四》是篇俞樾按谓"虐，当读为謔"，《书·皋陶谟下》"傲虐是作"，孙星衍《今古文注疏》谓"虐，与謔声相近"。謔戏之甚，亦在"虐"义。《诗·卫风·淇奥》"不为虐兮"，马瑞辰《传笺通释》谓"虐之言剧，谓甚也"，犹玩物丧志，深剧而甚也。

（2022年5月14日，贵阳）

弼牛翁

牛以大物用供祭祀，一牛为特，引为凡特一无匹之称，即学者寡俦，亦称牛人。然《周礼·地官·牧人》，牛人掌牛,"凡祭祀,供其享牛",则当孙大圣弼马温之位,谓之"弼牛翁"可也。

(2021年8月26日,贵阳)

狗 孙

《尔雅·释兽》谓:"熊虎丑,其子狗。"郭璞注云:"律曰:'捕虎一,购钱三千,其狗半之。'"孔颖达疏:"丑,类也。熊虎之类,其子名狗……郭云律曰……此当时之律也,引之以证虎子名狗之义也。"陆佃《埤雅》、蔡卞《毛诗名物解》并引为然。一狗才值虎半,故称虎子为狗,犹浙人言商,欲祖先孙,而习商者即名"孙"耶?无是理也。郝懿行《义疏》云:"今东齐、辽东人通呼虎之子为羔,'羔'即'狗'之转。"《说文·羊部》:"羔,羊子也,从羊。""羔"《广韵》古劳切,见母豪韵;"狗"《广韵》古厚切,见母厚韵。二字同母通转,则"其子狗",特"其子羔"耳。

(2021年8月26日,贵阳)

饮 师

子夏问孝,子曰:"色难……有酒食,先生馔。"盖事师如事父也。譬今诸生饮师,蟹虾甲贝,鸡鸭鱼鹅,葱韭椒蒜,碗碟何多,师径上坐,旁若无它,载啖载饮,且乐且歌。弟子立侍左右,吞垂涎于既堕,转空腹之已磨,而形愈谨,色愈和,忍辘辘,笑呵呵。乃递相告曰:"吾侪之乐,乐如之何!"夫礼当如此,而以弟子规规之于今者,噫嘻遮么①!

(2020年7月10日,贵阳)

名 命

夏开于启而终于桀,"启",开也,"桀"音"结",终也;韩、赵、魏三家分晋,魏、蜀、吴三国归晋;秦灭周、宋灭后周而并一统;汉高祖斩蛇而莽篡制,莽,蟒也。此数者,天数耶?抑名者,命耶?

(2019年5月25日,贵阳)

---

① 遮么,谐音"这么"。

方以类聚

明沈德符《万历野获编》卷二一,山獭性最淫毒,山中一有此兽,则牝者皆远避,獭不得雌,抱木而枯,取以为媚药甚验。明汪价《广自序》亦云:"山獭,淫毒之兽,取其势以壮阳道。"此取淫兽配方壮阳,盖方以类聚也。

(2014年8月14日,双峰)

拟 口

文章拟人,命名拟口,并以人身推类,地名如京口、周口、海口、江口、河口、溪口、壶口之类,其他则如山口、水口者,在在有之,特以地小不彰,居人用便耳。指向则如村口、关口、井口、路口,指物则如杯口、碗口、坛口、瓶口,无所不用。意者口之于人,比于眉、目、耳、鼻为显,此四者并首取类盖寡,有诸,则洱海,或以形若人耳故名。然有以熊耳命山者,一在洛。《书·禹贡》:"导洛自熊耳。"《水经注·洛水》:"洛水之北有熊耳山,双峦竞举,状同熊耳。"一在湘。《史记·封禅书》:"南伐至召陵,登熊耳山,以望江汉。"

司马贞《索隐》引《荆州记》:"顺阳、益阳二县东北有熊耳山,东西各一峰,如熊耳状,因以为名。"又龙首命地,亦有二,一在长安。《后汉书·杜笃传》:"规龙首,抚未央。"李贤注:"龙首,山名,萧何于其上作未央宫。"张衡《西京赋》:"疏龙首以抗殿,状巍峨以岌嶪。"一在铁岭,像逶迤东南来,至柴河,隆起若龙首,故名。复有马颊河二,一属禹疏九河,在濮阳。《书·禹贡》孔颖达疏引李巡曰:"马颊河,势上广下狭,状如马颊也。"一即笃马河。《山东通志》:"笃马河,亦名马颊,非禹迹也。"凡此取诸兽身,特象形耳,非拟人也。拟人或有指"山脚""坎脚"者,或指水畔为"湄"。《说文·水部》谓"水草交为湄"。《诗·秦风·蒹葭》:"所谓伊人,在水之湄。"但拟口绝多,其口之为人身之要耶? 生子,谓添口,呱呱坠地,张口就食,生多,食或不足。虽然,人口寡则族非旺,而国非强。人口之欲食,暨人生之所需,盖国家之本也。古人云:"国以民为本,民以谷为命。"[1]又云:"食色,性也。"[2]人口欲食,与牡牝之欲等,欲色则生,

---

[1] 陈寿《三国志·魏书》。
[2] 《孟子·告子上》。

生而欲食,生生不已,自然之道也。然则口欲之生理,率以人身推类,此拟口之广用,而眉、目、耳、鼻之不予焉。

(2017年10月24日,贵阳)

跋

上辑近七载所作凡八卷。赋出应命而外,诗多题画之作,盖弱冠喜画,老掇丹青,为有乡思萦梦,非楮墨不克少释也。良以家山秀润,草木华滋,非徒摹古可达耳。虽然,亦必师古,惟无名障,转益多师,潜玩既耽,日磨月锻,或有可期,此生平不违之志也。每画成,则必有题,诗亦偕来,故山风物,但作诗画游,大率田园意趣,稍补曩昔之憾也。犹待异日赋写,比于谢客《山居赋》之侔,不徒应命端谨,或广《别》《恨》,体制则降六朝矣。此外文言之挚,障业不除,日接而书,瞬思可志,不惟稗史,接续《世说》,谌可累积,或至百万言。其资饭后之哂,可为《广笑》;或感世间之事,爰当《杂俎》;又论诗文之艺,可续《诗话》;有考学术之故,则入《酉蠡》。凡此有待异日。而兹辑蔽薄，幸安师衰撮，不因其陋，钟老主辑，诞惟有荣，责编严谨，于以受惠，及三五诸生乐助校雠，并致谢忱！壬寅冬月廿四日黔中，易闻晓记。